RESUMO DE ANA

MODESTO CARONE

RESUMO DE ANA

COMPANHIA DAS LETRAS

Grafia atualizada segundo o Acordo Ortográfico da Língua Portuguesa de 1990, que entrou em vigor no Brasil em 2009.

Capa
Angelo Venosa

Foto de capa
João Carone
"Equilibrista alemão", Sorocaba, *c.* 1953

Preparação
Cristina Penz

Revisão
Larissa Lino Barbosa
Renato Potenza Rodrigues

Atualização ortográfica
Verba Editorial

Esta obra é de ficção, a despeito de alguns fatos, pessoas, lugares e circunstâncias serem reais.

Dados Internacionais de Catalogação na Publicação (CIP)
(Câmara Brasileira do Livro, SP, Brasil)

Carone, Modesto, 1937-2019
Resumo de Ana / Modesto Carone. — 1ª ed. — São Paulo : Companhia das Letras, 1998.

ISBN 978-85-7164-798-5

1. Romance brasileiro I. Título.

98-2815 CDD-869.935

Índices para catálogo sistemático:
1. Romances : Século 20 : Literatura brasileira 869.935
2. Século 20 : Romances : Literatura brasileira 869.935

EDITORA SCHWARCZ S.A.
Rua Bandeira Paulista, 702, cj. 32
04532-002 — São Paulo — SP
Telefone: (11) 3707-3500
www.companhiadasletras.com.br
www.blogdacompanhia.com.br
facebook.com/companhiadasletras
instagram.com/companhiadasletras
twitter.com/cialetras

A conclusão deste livro foi possível graças a uma Bolsa de Artes da Fundação Vitae.

Com a sua leitura
e a sua crítica
amigos estimularam
estas histórias:

Davi Arrigucci Jr.
Gilda de Mello e Souza
Heloisa Jahn
Iray Carone
Paulo Arantes
Roberto Schwarz
Rodrigo Naves
e
Vilma Arêas

Fiéis servidores da nossa paisagem
Carlos Drummond de Andrade,
"Os bens e o sangue"

SUMÁRIO

RESUMO DE ANA

A dona Lazinha, filha de Ana

Tudo o que ouvi dizer de minha avó materna devo à insistência com que abordei o assunto. Minha mãe gostava de contar casos de família depois do jantar, sentada à mesa da copa ou numa poltrona de couro da sala, mas esse ela muitas vezes evitava com habilidade. Dizia que ainda era menina quando minha avó morreu, que as coisas que sabia tinha escutado entre os oito e os doze anos de idade, que a partir daí o convívio com a mãe ficou muito prejudicado ou então que sua memória andava fraca ultimamente. A impressão que me dava, vendo-a passar o dedo em cima de um friso da toalha ou de um veio saliente no braço da poltrona, era a de alguém que no primeiro instante se recorda e no seguinte abafa compulsivamente as imagens evocadas. Os motivos alegados podiam ser reais, mas não era verdade que sua memória estivesse fraca; pelo contrário, os anos pareciam beneficiá-la com as reflexões da velhice e a busca silenciosa de um sentido para a experiência. Além disso era inevitável que mencionasse minha avó como personagem relevante da sua história pessoal, o que acabou levando às linhas de força de um quadro inteligível, ainda que sumário, das desventuras de Ana Baldochi, nascida Godoy de Almeida.

Os Godoy de Almeida eram sitiantes de Itavuvu, região anexada ao município de Sorocaba. Não há documento disponível sobre suas posses, mas é provável que no correr dos anos tenham passado de proprietários a arrendatários de terras e que nas últimas décadas do século XIX tenham vivido da cultura de subsistência. Ana nasceu no sítio da família em dezembro de 1887 e ficou órfã de pai e mãe aos cinco anos de idade. Os dados a respeito dos pais são imprecisos, quando não inexistentes: ao que parece morreram na mesma época, vítimas de alguma epidemia no campo. Com a morte deles seus filhos mais velhos, João e Gabriel, decidiram encaminhar a irmã, entregando-a a uma família interessada em criá-la. Ana foi recolhida do sítio em Itavuvu por uma senhora protestante de Sorocaba e a partir dessa data passou a morar na casa dela, localizada na estreita rua Treze de Maio, hoje área central da cidade. Durante doze anos, ou seja, de 1892 a 1904, foi menos filha de criação, como se dizia, do que criada de Ernestina Pacheco. Aos seis anos de idade já cuidava de trabalhos domésticos significativos: levantava-se de madrugada, acendia o fogão a lenha, preparava a mesa do café, varria o quintal, enxaguava a roupa numa tina d'água, passava e engomava com ferro a carvão; para lavar a louça punha-se em pé sobre um caixote de madeira porque não tinha ainda altura suficiente para alcançar a pia. Um pouco mais tarde, depois de adestrar melhor a cria, a patroa também a incumbiu não só de cuidar de uma sobrinha doente, de dois ou três anos, que passou a morar na casa com os direitos devidos a uma parente de sangue, mas igualmente de torrar café, moê-lo no pilão e ir vendê-lo aos familiares de Júlio Prestes que ocupavam uma chácara na rua Direita, atual Dr. Braguinha, para os quais Ana já na época lavava e engomava roupa; os rendimentos pelos serviços prestados iam para os bolsos de Ernestina, que vivia pobremente mas era proprietária de uma fileira de casas na rua Treze. A contrapartida pelo trabalho diário de Ana, sem folga aos domingos, era teto, comida, roupa feita em casa e instrução caseira: quem alfabetizou Ana de forma rudimentar foi Ernestina, com os meios e métodos de que dispunha, sem exclusão do poder disciplinador dos coques e da reguada nos nós dos dedos. Além dessas generalidades as informações sobre o período são vagas, mas não é exagero admitir que, da infância ao fim da adolescência, órfã e sem apoio externo — o irmão João ficou muito tempo com o sítio da família e numa crise de desespero ateou fogo na plantação, queimando o dinheiro entesourado numa enxerga —, a vida de Ana não foi amena, submetida como estava ao zelo e às conveniências da senhora e do marido. É certo porém que uma ou outra incursão no mundo externo tenha sido franqueada à adolescente, embora no geral limitada às idas ao templo protestante que ficava na rua Quinze de Novembro perto da praça do canhão, onde Ana foi confirmada e recebeu das mãos do pastor uma Bíblia com fechos dourados que ela conservou até o fim da vida.

Pelos depoimentos da filha, baseados nas confidências de Ana, que nos últimos anos viu aberta a possibilidade de contar a alguém a sua história, o que para ela chegou a assumir um caráter de urgência diante da solidão afetiva em que vivia, a jovem órfã era esperta e recatada, de olhos vivos, cabelos pretos e pele alva, que gostava de se enfeitar com os poucos recursos disponíveis. Nas manhãs de domingo e dias santos, depois da faina que começava de madrugada, ela saía de casa acompanhando Ernestina e o marido e caminhava até a igreja. Para quem andava a pé o percurso era relativamente longo e Ana observava com atenção nas ruas da cidade os transeuntes mais solenes, pois o que admirava neles era o porte e as boas maneiras, que procurava mimetizar sempre que possível para um dia compor o seu estilo pessoal. Segundo consta ela se desenvolveu rápido e com cerca de dezesseis anos parecia uma portuguesa do tipo mignon, vestida com alguma fantasia e traindo no olhar uma inquietação que a vivência da orfandade e o trabalho compulsório não conseguiram embotar, traços confirmados por uma minúscula fotografia (a única que restou) dos tempos em que já era casada e mãe de família, na qual aparece de cabelo apanhado atrás, dentes brancos à mostra e as mãos apoiadas na cintura fina. De volta do ofício religioso, onde se comportava com adequação, pois valorizava a liturgia e o espetáculo, gosto que mais tarde a tornaria apreciadora sincera de ópera, Ana andava atrás dos patrões que abriam o caminho, o que não a impedia de olhar, com uma pontada de mágoa mais tarde confessada, para as moças que iam à missa e à reza com o ar confiante de quem é protegido por pais de verdade e não se sujeita, por força da necessidade, às tarefas de uma casa. Isso não significa que fosse uma adolescente amargurada, uma vez que os relatos a seu respeito apontam para a persistência de uma alegria quase incompatível com as condições reais da sua existência. Os episódios de melancolia só se manifestaram mais tarde em função de decepções e desgostos sofridos na idade adulta. Sua curiosidade pelas pessoas e pelas coisas sempre foi autêntica, alcançando um impulso considerável quando aos dezessete anos teve a coragem de se libertar de Ernestina para ir trabalhar, por indicação de uma vizinha, na casa de um professor e sua família em São Paulo. Essa virada pouco previsível na vida de Ana leva a crer que ela não se conformou a todos os desígnios dos Pacheco, casal essencialmente prático e tanto mais implacável porque consciente da falta de escolha de uma moça pobre. É ponto pacífico no entanto que eles não lograram acabrunhá-la nem mortificar o seu entusiasmo por um perfil de vida que desde cedo ela julgou mais condizente com os sonhos plausíveis de todo adulto precoce. Foi esse empenho e a pertinácia que a trouxeram em 1904 para a capital de São Paulo, depois de ter deixado sem resposta a oferta de casamento de um italianinho atarracado que entregava pão na rua Treze de Maio.

A família do professor morava num sobrado da avenida Angélica não muito distante do castelo alemão de dona Angélica e do castelo florentino de Lupércio Camargo, situado em frente. Os bondes da Light and Power, companhia que alguns anos depois viria desempenhar um papel de pano de fundo na vida paulistana de Ana, passavam pelos trilhos assentados no meio da rua rumo aos bairros da Barra Funda, Brás e Mooca, nomes estranhos aos ouvidos dela e com os quais logo se acostumou. A trilha de eucaliptos da antiga rua Itatiaia já fora devastada, apesar de ainda restarem alguns pés e o ar manter vestígios do passado. Ana respirava aquele cheiro como quem trata da saúde, já que o seu sustento dependia do rendimento do corpo. Sete dias por semana ela respondia pelo andamento da casa, incluindo-se nele o conforto e o bem-estar da patroa e dos filhos. O professor só aparecia nos meses de férias porque lecionava o ano todo em Laranjal Paulista. Para Ana nunca ficou muito claro o arranjo estabelecido pelo casal, que durante o recesso escolar vivia como qualquer outro mas mal se via ou se comunicava nos períodos mais longos de aula. Como Ana era discreta as perguntas cabíveis ficavam no ar e a dona da casa, cujo nome se perdeu, não se antecipou para informar o que quer que fosse. O fato é que os filhos anteviam com alegria as vindas do pai, escrevendo nas lousas, numa caligrafia exemplar que mobilizava a fantasia de Ana, o dia em que ele devia chegar e a lista de presentes que todos iriam receber. A mulher do professor era econômica e frugal e só uma vez ou outra mandava a criada descer dos armários a louça e os talheres finos para dispor uma mesa aparatosa. O filho mais velho trabalhava para ajudar na manutenção da casa e todos os dias tomava o bonde na avenida Angélica para ir ao prédio dos Correios e Telégrafos, onde tinha algum posto burocrático e mal remunerado. Era magro e lívido e Ana desconfiou logo que ele estava doente. Quando soube pela maledicência dos irmãos que o moço era tuberculoso, Ana se assustou tanto que pensou em mudar de emprego. Mas àquela altura já havia se afeiçoado à casa, ao bairro, aos bondes, ao jovem tísico e seus irmãos menores, além do que a dona da casa não se conduzia com a severidade calculada de Ernestina Pacheco. À medida que a ameaça da moléstia empalidecia, ela foi se habituando e nesse lapso de tempo inventou maneiras de proteger o rapaz doente do peito: sempre que podia servia-lhe carne com ovos no café da manhã antes que ele fosse trabalhar. O moço agradecia cabisbaixo e sem palavras, com um ruído na garganta que parecia tosse, pois sabia perfeitamente que essa generosidade contrariava os padrões de comportamento da mãe. Certa vez em que esta o surpreendeu se alimentando com tamanha prodigalidade, Ana foi chamada à sua presença e proibida terminantemente de preparar pratos especiais para ele exceto nos fins de semana, quando todos estavam à mesa. Ana logo compreendeu que o senso de justiça da patroa não coincidia com o seu, do mesmo modo que as duas tinham atitudes diferentes diante da doença, por isso assentiu com um gesto de quem não vai discutir. O rapaz não protestou nem ergueu os olhos para a mãe ou para Ana; apenas se levantou da mesa, pôs o paletó de brim que estava pendurado no espaldar da cadeira e saiu pela porta da frente sem se despedir. Até então ela havia trocado poucas palavras com o doente porque a tuberculose parecia fortalecer nele o sentimento de exclusão; depois do incidente elas rarearam ainda mais e num prazo muito breve deixaram de existir. Ana não parou de se preocupar com a moléstia do moço, observando-o de longe, e deve ter chegado à conclusão de que não fazia o menor sentido desobedecer à senhora, que além do mais detinha os poderes de mãe. Consta que o rapaz não viveu muito tempo e que acabou morrendo naquela mesma casa sem assistência adequada; mas nessa ocasião Ana já estava trabalhando para a família de mister Ellis.

Ellis, inglês de nascimento, era alto funcionário da Light e estava casado com uma brasileira aparentada dos Mascarenhas, sócios dos Pacheco em Sorocaba. O casal tinha duas filhas, Hilda e Lea, das quais Ana nunca se esqueceu. A família morava numa casa senhorial de Higienópolis e o fato de permanecer numa região de São Paulo que já conhecia estimulou o estado de ânimo de Ana, então com dezenove anos de idade. Nessa época ela já era mulher feita e as recomendações que recebera, por intermédio de Ernestina, deram-lhe logo desenvoltura dentro da casa. Dominava o ofício com segurança e conhecimento de causa e aos poucos se introduzia num ambiente próspero que atendia às suas exigências de autoestima. Foi durante esses anos que o cultivo da etiqueta e das formas de amabilidade encontrou nela a ressonância esperada, pois agora sua atividade não se pautava apenas pelo trabalho doméstico, repartido com os demais membros da criadagem. Fazia as vezes de dama de companhia da dona da casa, Judith, uma jovem senhora ilustrada com quem simpatizou à primeira vista e foi correspondida com igual intensidade. Vestia-se também com o capricho desejado e acompanhava as idas e vindas de Hilda e Lea ao Colégio Mackenzie da rua Maria Antônia. Mas mais importante que tudo Ana participava dos hábitos culturais da família. Pelo menos uma vez por mês assistia às óperas e aos espetáculos musicais do Teatro Municipal com direito a indumentária de gala e poltrona na plateia ou em camarote reservado. Embora soubesse escrever mal o próprio nome Ana já memorizava trechos da *Traviata,* ópera que sempre a emocionou até as lágrimas, pois a história facilitava a identificação com a protagonista. Certa vez em que um jovem tenor italiano cantou as árias mais conhecidas entre aplausos calorosos ela bateu palmas até sentir as mãos arderem sob as luvas e nessa noite perdeu o leque cor de jade que madame lhe emprestara. No recesso da casa Ana era a imagem da sobriedade: aprendeu a falar em voz baixa, a abrir sem ruído um armário e a colocar em silêncio os pratos e talheres; quando andava pelos corredores ninguém ouvia suas chinelas de renda arrastarem no chão. Em público o traquejo aumentava e ao sair para um passeio formal com a família suspendia num gesto rápido e natural a barra do vestido enquanto avaliava pelo canto dos olhos o aprumo do penteado no espelho da entrada; já na calçada colocava-se à esquerda de Judith e do marido e entrava por último no carro que os aguardava.

Ana conviveu bem com os Ellis durante cinco anos, mais exatamente de 1906 a 1911; por volta de 1908 tornou-se por decisão dos amos governanta da casa, recebendo a paga correspondente. Nessa ocasião sentiu-se recompensada pelos seus esforços e pensou em não se desligar tão cedo da família. Embora o trabalho fosse exigente — além de zelar pelas meninas administrava as atividades dos demais empregados, incumbindo-se pessoalmente dos serviços gerais de organização doméstica — não se considerava sobrecarregada. Estava no auge da saúde, desempenhava suas tarefas com eficiência e leveza e nos aspectos exteriores discrepava cada vez menos do modelo familiar. Isso entretanto não a impedia de manter distância, o que para ela assegurava o equilíbrio desejável nas relações profissionais e o respeito devido nos contatos pessoais. Mas não se tratava de uma atitude rígida que a afastasse dos outros; tanto é assim que se mostrou sensível às aproximações da dona da casa. Judith, a despeito da sociabilidade imposta pela vida do marido, não tinha amigas e com o correr do tempo passou a tratar Ana como confidente, pois confiava tanto no seu bom senso para as coisas práticas quanto na sua capacidade para julgar pessoas ou situações. Foi nessas circunstâncias que a jovem governanta começou a conhecer intimidades que de outro modo não gostaria de saber, como o fato de mister Ellis sustentar amantes. Não só isso como também as dificuldades econômicas enfrentadas pela família, o que fez Ana temer pelos seus projetos de permanecer lá o maior tempo possível, apesar da saudade que a fazia chorar contra qualquer expectativa toda vez que se lembrava de Ernestina. Certamente esse foi um dos motivos que a levaram a acolher com condescendência o arrojo do entregador de pão da rua Treze de Maio. Pois para grande surpresa sua uma tarde ele apareceu em São Paulo e tocou a campainha da casa, pedindo à cozinheira que o atendeu para falar com Ana. Conseguira o endereço dela através de Ernestina Pacheco e enviara várias cartas a São Paulo, todas escritas numa linguagem muito direta — sem dúvida aqui a personalidade se confundia com a falta de familiaridade com a língua — propondo-lhe casamento. Afirmava que não havia se esquecido dela, que não era mais empregado e sim dono da padaria e que ficaria honrado se ela o recebesse para uma entrevista. Ana não respondia às cartas porque não pensava em manter conversações sérias com o estrangeiro de fala arrevesada, corpo obeso e maneiras irremediavelmente toscas. Mas assim que ele se apresentou em Higienópolis debaixo da chuva, o chapéu de feltro na mão, ela teve um abalo e mandou a cozinheira levá-lo à antessala. Enquanto o pretendente subia a escada, desajeitado como um camponês de fatiota, Ana o observava por uma vidraça sem saber direito se o que estava sentindo naquele momento era lisonja, repulsa ou compaixão. Por fim concluiu que não estava sentindo nada e dispôs-se a recebê-lo com uma ponta de naturalidade.

Balila Baldochi não era italiano como ela pensava, mas de nacionalidade francesa. Tinha nascido no ano de 1886 em Marselha, para onde os pais, procedentes da Toscana, haviam se transferido na segunda metade do século. Falava italiano em casa e francês na escola, o que mais tarde veio a comprometer o seu português, que se cristalizou numa mistura mais ou menos indiscriminada das três línguas. Os Baldochi tinham mais uma filha e quando Balila estava completando doze anos de idade resolveram fazer a América, embarcando para o Brasil. O pai, Fulvio, tinha trabalhado durante anos numa refinaria de açúcar em Marselha e trouxera na viagem um pecúlio em libras esterlinas: foi com ele que se estabeleceu em Sorocaba comprando uma padaria na avenida São Paulo. Ao que parece tudo corria bem para a família quando em 1910 um surto de febre amarela matou a mãe e a irmã de Balila. Viúvo e no vigor dos anos, às voltas com o filho e os negócios, Fulvio acabou se aproximando de uma imigrante piemontesa chamada Claudina, que também era viúva e mãe de duas crianças, e os dois passaram a viver juntos. Tiveram sete ou oito filhos (casaram-se mais tarde na presença de todos eles) e Claudina foi para Balila mais mãe do que madrasta. Foi graças à sua intervenção que o enteado, vencida a resistência do pai, de quem era simples empregado, conseguiu se estabelecer por conta própria montando uma padaria na rua dos Morros, atual Nogueira Padilha, onde teve início sua vida de comerciante, encerrada em falência e pobreza depois da crise de 1929, ponto final de quinze ou dezesseis anos de ascensão econômica.

Balila ficou sentado diante de Ana na antessala dos Ellis. Vinha engravatado e rubro e enquanto amassava as abas do chapéu lembrou as ofertas de casamento feitas na rua Treze de Maio na época em que era entregador de pão do pai. Ana não respondeu nem que sim nem que não, pois não sabia se gostava daquele homem intimidado pelo ambiente e seguro do que queria. Embora já contasse vinte e quatro anos de idade, o que lhe parecia muito para quem pretendia se casar, ela não se sentia à vontade para dar uma guinada sem qualquer garantia afetiva. Além disso a vida de órfã e empregada havia-lhe ensinado a calcular os passos que dava e a agir só na hora certa. Por essa razão limitou-se a registrar a proposta de Balila e levantou-se da cadeira obrigando-o a fazer o mesmo. À porta despediu-se dele com um aperto de mão, o rosto muito sério, mas não estava nos seus planos ser antipática. Tanto é que fez um aceno perfeitamente perceptível ao pretendente quando este fechou o portão de entrada e ergueu para o alto da escadaria os olhos que ela sempre disse serem límpidos e sem astúcia.

Foi a prisão de Ellis por desfalque fraudulento na Light que a forçou a tomar uma decisão. O rombo financeiro não era pequeno e o caso foi rumoroso: imediatamente os convivas desapareceram, foram suspensas as idas ao Municipal, as refeições perderam o brilho, as meninas deixaram o Mackenzie e a criadagem teve de ir embora. Ana ficou sozinha, às voltas com todo o serviço da casa; sentia ameaçado o seu posto de governanta e foi levada a enfrentar os primeiros atritos com os credores, já que Judith caiu de cama totalmente aniquilada. Em pouco tempo a situação na casa de Higienópolis se tornou insustentável; Ana escreveu um bilhete a Ernestina Pacheco e disse que estava querendo voltar a Sorocaba para se casar. A resposta foi acolhedora e a deixou aliviada — a saída de emergência estava aberta. Depois de se despedir de Judith, que teve a honradez de encorajá-la, abraçou comovida Hilda e Lea e foi procurar o padre que frequentava a casa e que aceitara ser seu confessor nos momentos de angústia. Naquele mesmo dia tomou um bonde até a estação da Estrada de Ferro Sorocabana e entrou num vagão de segunda classe levando apenas duas malas de bagagem. Três ou quatro horas mais tarde desembarcava em Sorocaba, cujas ruas empoeiradas não via desde que havia chegado em São Paulo oito anos antes.

Minha mãe falava sem que eu a interrompesse: as perguntas ficavam pairando no ar à espera de uma oportunidade. Ana não gostava realmente de Balila? A explicação de que aos vinte e quatro anos se considerava passada tinha peso social para a época, mas daí ao casamento ia um bom pedaço. Não havia outros pretendentes? Sem dúvida, porque desde a adolescência sua figura alinhada chamava a atenção. O filho mais velho de um comerciante árabe estabelecido na rua Barão do Rio Branco, por exemplo, costumava cumprimentá-la com um sorriso quando ela se dirigia à casa dos parentes de Júlio Prestes na rua Direita para entregar o café moído e a roupa lavada e engomada. Um dia ele decidiu falar com ela, Ana respondeu e os dois conversaram. Ainda se encontraram algumas vezes no largo de São Bento em frente à velha igreja, a quinhentos metros da casa da patroa. O rapaz era muito bonito — um sírio de olhos verdes. Ana porém logo se desinteressou, não se sabe bem por quê. Certamente porque não gostava dele. E do noivo? O empenho que ele demonstrava não a tocava nem um pouco? Mesmo que para ela aquele casamento fosse de conveniência, é duvidoso que só contassem as razões objetivas. Além do mais que filho ou filha pode julgar com discernimento a vida afetiva dos pais? Diante dessas questões cortantes ou elaboradas minha mãe emudecia, pensativa; mas o intuito não era de modo algum silenciá-la.

Ana ficou hospedada na casa de Ernestina Pacheco até o dia do casamento. Àquela altura a sobrinha estava crescida, apesar de anêmica. Não fazia nada em casa nem fora dela, a maior parte do tempo ficava deitada na cama ou no sofá da sala, lia pouco e conversava menos ainda. Não parecia emocionada com a volta de Ana, sua ama desde pequena, ainda que tivesse registrado sua presença e se deixado servir por ela. Mas não o fazia por mal, pois havia nela uma fraqueza mais profunda que a tornava diminuída nas relações com as pessoas incumbidas de protegê-la. Talvez isso explique a facilidade com que conseguiram casá-la anos mais tarde no leito de morte com um dos descendentes dos Mascarenhas: sendo a única herdeira dos Pacheco e estando desenganada, a moça assegurava a passagem legal dos bens da família aos seus sócios, evitando a apropriação da fortuna pelo Estado. Com Ernestina entretanto a posição de Ana havia melhorado em função do noivado, tendo em vista que a mãe de criação considerava Baldochi um bom partido. A protetora austera assumiu ares de mãe verdadeira, deu conselhos de mulher experiente e mais de uma vez abraçou a protegida com lágrimas nos olhos. Ana não se fez de rogada e aceitou os conselhos e os abraços, embora não acreditasse na eficácia dos primeiros nem na sinceridade dos segundos: agora que ia se casar queria sentir-se filha e aquela era uma boa oportunidade.

Não há notícias nem fotos do casamento, dissipadas umas na memória e extraviadas as outras nos anos da *débâcle* conjugal. O mais provável é que a confissão protestante de Ana, mais imposta que escolhida, não tenha sido vista como empecilho e que a solenidade religiosa tenha se realizado numa igreja de Além-Ponte, bairro onde o noivo havia estabelecido a casa no andar superior da padaria. O ano era 1912, Balila estava com vinte e seis anos e Ana completava vinte e cinco: segundo as convenções do momento eram adultos responsáveis, o que de forma alguma impediu que vivessem a maior parte do tempo num equilíbrio precário que no fim se rompeu. Essa circunstância tende ora a reforçar, ora a desmentir a hipótese do casamento fundado no cálculo, se bem que os dados sobre o assunto não sejam claros nem favoreçam uma verificação mais séria. É admissível que Balila estivesse mais propenso à ligação com Ana do que ela com ele, uma vez que o seu interesse sempre foi assinalado pela insistência e pelo ciúme. Quanto aos propósitos de Ana há pouco o que acrescentar a não ser que, habituada à vida mais diferenciada de São Paulo, sobretudo a partir da experiência na casa dos Ellis, ela enfrentasse com pouca tolerância o convívio com o noivo, rude como tantos comerciantes do interior e completamente avesso a qualquer entusiasmo artístico. Mesmo assim é fútil desconhecer que ela conservou um ímpeto de animação que a fazia ir em frente, tornando-a no mínimo ousada no acordo conjugal estabelecido com Balila. Não surpreende que desde o início tenha marcado alguns limites precisos entre os deveres indiscutíveis e o espaço reservado à autossatisfação. Isso não quer dizer que tenha desenvolvido uma consciência razoável dos seus direitos, pois é óbvio que noções dessa ordem não gozavam de livre trânsito entre as mulheres da sua classe. O fato é que ela se manteve em estado de alerta para assegurar o que desde a volta de São Paulo considerava como as suas conquistas pessoais. Elas se traduziam em reivindicações modestas como ir ao teatro e à ópera vestida com um esmero capaz de alegrar a sua alma ou ver respeitada em casa ou fora dela a etiqueta aprendida e incorporada. Balila nunca se opôs diretamente a nenhum desses caprichos, os quais na verdade não o prejudicavam no trabalho, eram inofensivos na rotina e no mais podiam lhe trazer algum prestígio, principalmente quando saía de braços dados com Ana para ir ao centro da cidade ou visitar os amigos do bairro. O que ele parecia suportar mal era a necessidade de acompanhar a mulher ao Teatro São Rafael na rua Brigadeiro Tobias do outro lado da ponte sobre o rio ou então ao Teatro Alhambra dirigido por Juan Santiesteban no bairro de Além-Ponte, onde levavam espetáculos teatrais populares. Apesar de descendente de italianos e do primário feito em Marselha, Balila nunca cultivou a sensibilidade para a música, especialmente para a ópera, que repudiava como uma cantoria sem sentido, não obstante fosse capaz de entender os entrechos melhor do que Ana graças ao conhecimento da língua. Nos momentos de impaciência ralhava com a mulher por fazê-lo aturar tudo aquilo e quando estava de bom humor lembrava a frase de uma senhora muito velha que se orgulhava de nunca ter posto os pés num teatro, onde seria obrigada a desembolsar dinheiro para ouvir mentiras.

Durante cinco anos, de 1912 a 1917, o casal habitou o casarão da padaria; foi nele que Balila conheceu o início de uma carreira comercial promissora e Ana perdeu os primeiros quatro filhos. Seguindo o estilo do marido o prédio era desconfortável, não tinha espaços inaproveitados nem muito menos aprazíveis, com exceção do quintal, onde cresciam as árvores a cuja sombra os empregados descansavam na hora do almoço. Mas as mãos da mulher faziam milagres em silêncio e aos poucos o lugar se tornou mais do que apenas praticável: das paredes pendiam gravuras emolduradas com discernimento, não havia mesa sem uma toalha bordada ou um jarro de flores, os tapetes abafavam os passos e os móveis encerados brilhavam. Ana não desistiu da arrumação nem nos meses em que a primeira gravidez dificultava os seus movimentos; parentes e conhecidos que uma vez ou outra os visitavam nunca deixavam de elogiá-la, embora este ou aquele o fizesse com um trejeito inadvertido de inveja que ela registrava sem transformar em agravo. Aguardava com ansiedade o primeiro filho e nos momentos em que devaneava não o via tosco nem assediado pela necessidade. Quando a criança nasceu morta, enforcada no cordão umbilical depois de um parto doloroso realizado no quarto do casal, Ana caiu numa depressão grave que o marido suspeitou se tratar de uma doença incurável. A melancolia porém acabou cedendo e Ana deixou a cama disposta a assumir os riscos de outros filhos. Os três seguintes também não vingaram, ainda que uma das meninas, Nícia, tenha vivido até os três anos de idade. Nesse período Ana certamente conheceu o desespero, imaginando que não conseguiria nunca ser mãe. Ao seu lado Balila compensava o desgosto de ver os filhos morrerem com um interesse crescente pelos negócios, viés que visto de fora valia por uma indiferença capaz de alimentar os sentimentos de rejeição mútua do casal. Foi no ano em que perderam o quarto filho — uma menina que recebeu o nome de Maria de Lourdes num gesto de devoção da mãe — que ele trocou a padaria por um armazém de secos e molhados, instalando-o do outro lado da rua dos Morros, numa construção térrea cuja frente servia ao estabelecimento e os fundos abrigavam a família. Os negócios prosperaram logo e o pequeno comerciante viu aberto o caminho para uma vida menos cautelosa: começou a vestir-se com atenção, a abrir uma garrafa de vinho nas refeições e a satisfazer a uma ou outra exigência de luxo da mulher. Talvez esperasse da renovação material dos hábitos o restabelecimento das relações conjugais já minadas pela decepção — e nesse sentido Ana foi receptiva ao movimento de reparação do marido. Apesar de marcada pelo luto, investiu na casa a energia necessária para torná-la leve e confortável. O desgaste não era pequeno e para se regenerar de um trabalho que realizava sozinha — Ana nunca teve empregadas — voltou a se interessar pelos passeios e pelo teatro, pois na ocasião chegavam à cidade companhias líricas e artistas de renome atraídos pelas condições oferecidas pelo São Rafael, subvencionado pela elite industrial. A acrimônia entre os cônjuges recuou muito, a um ponto tal que Ana engravidou pela quinta vez. Durante a segunda metade de 1918 e início de 1919 ambos esperaram tensos o nascimento de Lázara Edea — Lazinha — a filha predileta que nos anos finais se tornou arrimo e confidente da mãe.

Sem relutar contra a ideia de ir mostrar os lugares onde a família havia morado, minha mãe alegava que o casarão da padaria e o prédio principal do armazém tinham sido derrubados e substituídos por outros cuja fachada ela mal conhecia. Ao que parece restava apenas o anexo do armazém cuja construção o pai financiara com empréstimos imprudentes feitos às vésperas da crise econômica que no início dos anos 30 decretaram sua falência. Também a rua dos Morros já não era a mesma: o nome tinha sido trocado por Nogueira Padilha — que ninguém identificava —, os bondes não existiam mais e a pista de asfalto, cercada dos dois lados por calçadas de cimento e pedra onde antes havia árvores, recobria tanto o velho calçamento de paralelepípedos quanto as camadas mais antigas de terra batida. Na verdade havia sobrado muita coisa das feições originais da rua, como a inclinação da ladeira que a certa altura se bifurcava, mas o resíduo não era suficiente para aprimorar o quadro fixado na lembrança. Era nela que minha mãe se apoiava, principalmente na nitidez dos flashes descontínuos que davam ânimo ao relato e afinavam o timbre da fala. Quando perguntei o que tinha ouvido a respeito de 1919, ano de seu nascimento, respondeu que o pai estava bem de vida e que Ana tivera um parto sem incidentes.

Os anos de infância de Lazinha coincidiram com os melhores do casal. Balila consolidou a posição de comerciante bem-sucedido e Ana chegou ao auge da vitalidade. As discrepâncias básicas entre marido e mulher, envolvendo questões de gosto e regras de comportamento, além de sensibilidade no trato conjugal, seguiam por uma via sem retorno, mas durante os primeiros cinco ou seis anos de vida da filha ficaram praticamente abafadas pelo bem-estar econômico e pela própria presença de Lazinha na casa. Com o tempo a menina assumiu o papel de companheira e aliada da mãe; sem dúvida foi fundada nesse apoio que ela desfocou a atenção concentrada nas relações com o marido, o que parece tê-lo liberado para outros interesses, como a política do Estado. Não obstante as informações nessa direção serem mínimas, foi graças aos antigos contatos de Ana com a família de Júlio Prestes que Lazinha foi batizada por uma prima-irmã do presidente de São Paulo, ocasião em que as visitas à chácara dos Prestes na rua Direita se amiudaram, resultando na aproximação do novo correligionário. Em 1924 a atividade comercial de Balila chegou a um ponto alto, marcando o início de uma virada na casa dos Baldochi: o marido passou a participar das reuniões locais de conservadores alvoroçados com o levante de Isidoro, a mulher a oferecer recepções e a filha a desfrutar de uma liberdade inusitada. Assim é que Ana, depois de passar horas na cozinha preparando todos os pratos que conhecia, se punha a servi-los em traje de gala aos convidados: o toque pessoal dos encontros eram os conjuntos orquestrais que ela contratava a bom preço para entreter os presentes com um repertório de músicas quase decoradas. À sua maneira a filha acompanhava as veleidades da mãe, rasgando sacos de farinha de trigo importada para transformar o depósito do armazém num campo de neve onde brincava com as amigas. Balila não aprovava essas extravagâncias nem se empenhava em reprimi-las: voltado para a realidade dos negócios tanto quanto para as tramas políticas da época, ele dedicava o ócio disponível à leitura de *O Estado de S. Paulo*.

O nascimento de Ciro em 1925 não alterou a rotina da família — ele era um menino sadio e foi recebido como um triunfo pelo pai. Lazinha então com seis anos continuou apegada a Ana, ajudando-a nas tarefas caseiras e nos cuidados com o irmão, que passou a tratar como filho num movimento inequívoco de identificação com a mãe. Tornou-se também a acompanhante oficial desta, o que dispensava o pai de uma presença obrigatória. Logo que Ciro começou a exigir menos atenção, Ana voltou a fazer visitas e a frequentar as sessões do Alhambra levando a filha consigo: era com ela que comentava as encenações, ensinando-lhe o que sabia sobre o mundo do espetáculo. O marido às vezes se obrigava a ir buscá-las à saída do teatro e o que parecia gentileza se transformava em dissabor; pois a despeito de conhecer os hábitos de Ana e até mesmo de tê-los incorporado em causa própria, ele aparecia invariavelmente de chinelos e em mangas de camisa, num desleixo afrontoso que o fazia andar, no caminho de volta, à frente da mulher e da filha sem a preocupação de reter os gases do corpo cada vez mais redondo. Seja como for, a aversão de Ana por Balila só se consumou quando a violência física destruiu o que ainda restava de solidariedade no casal.

Minha mãe hesitava à medida que o relato tomava corpo diante de mim: as pausas e as digressões se tornavam frequentes e a disposição para recompor as falhas com novas reminiscências se acentuava. Embora difícil de definir, o gesto não era deliberado, parecendo refletir a fórmula de compromisso entre o fascínio de narrar e o medo de tratar as confidências de Ana como quem fere o decoro familiar. Mas ela venceu a dificuldade e passou à derrocada — não sem antes relembrar dois episódios que naquele contexto assumiam um caráter sintomático: a visita ao leprosário e a viagem a São Paulo.

O motivo da visita era o pagamento de uma promessa a são Lázaro, a quem Ana por sugestão de conhecidos havia se devotado com grande fervor depois de perder os quatro primeiros filhos. No quinto parto a recém-nascida recebeu o nome de Lázara em sinal de reconhecimento pelo que a mãe considerava as bênçãos recebidas e agora que a menina estava crescida ela a levava à capela do santo no leprosário instalado na região do Cerrado. Mas o ato piedoso acabou se transformando numa vivência traumática, já que na chácara abandonada que abrigava o asilo o que as duas viram por toda parte foram dezenas de mutilados na mais esquálida miséria tentando apalpá-las à sua passagem com os tocos dos braços.

A viagem a São Paulo foi decidida depois que Ana recebeu notícias de Judith através de Ernestina Pacheco. A ex-governanta sentia falta da antiga dama como se esta fosse o núcleo de um passado idealizado. Diante do marido de má vontade a companhia da filha tornava a ida da mãe à capital uma empresa plausível. Assim que chegaram a São Paulo, cujas ruas Ana, passados quinze anos, quase não reconhecia, foram ambas ao endereço dado por Ernestina: era na avenida São João. Talvez fosse possível imaginar as dificuldades que Judith vinha enfrentando desde a prisão de Ellis; o que Ana não podia prever era o choque de encontrá-la um dia morando num porão — Judith estava completamente só e para se sustentar trabalhava como costureira num circo de arrabalde.

Os dois episódios eram suficientemente fortes para se tornarem peças autônomas da experiência; mas para quem observava de fora o mais surpreendente era o movimento da memória reunindo as impressões justamente naquele ponto da narrativa.

A atividade do armazém de secos e molhados progredia e com ela o prestígio de Balila Baldochi no bairro e na cidade. Várias vezes por ano ele era convidado para padrinho de casamento e a maneira de se mostrar reconhecido era ser pródigo, o que obviamente aumentava a popularidade e o número dos convites. Na condição de padrinho ele tanto se incumbia de prover a mesa da festa com os produtos do armazém como de colocar um carro branco de aluguel à disposição da noiva no dia do casamento.

Foi por essa via que conheceu e se aproximou de João Franco, dono de uma limusine que fazia ponto na ladeira da rua Quinze de Novembro. Ana deve tê-lo visto com frequência no armazém e tudo indica que desde o início se sentiu atraída por ele: sem dúvida as frustrações do casamento alimentavam as fantasias de sedução. Assim que o homem passou a frequentar a casa do casal ela adotou uma atitude mais desenvolta. Ao que parece João Franco não permaneceu insensível ao interesse de Ana, mas por algum motivo impenetrável decidiu castigá-la. Um dia em que o marido não pôde ir pessoalmente contratar o carro para um casamento ela se prontificou a fazê-lo. Encontrou a limusine branca estacionada e a informaram que o dono estava numa barbearia próxima. Foi até lá sem pressentir as consequências do passo em falso e naquela mesma noite João Franco disse a Baldochi que Ana o assediava por toda parte. Ao se saber denunciada ela procurou o chofer de praça e o descompôs na frente da mulher; João Franco desviou os olhos e não respondeu uma palavra. Quando voltou para casa o marido estava no armazém, onde ficou até muito tarde, as portas travadas com tranca; assim que ele surgiu na sala ela quis dizer alguma coisa e foi esbofeteada. Com o nariz sangrando Ana se refugiou no quarto do casal cuja porta Balila não teve dificuldade de arrombar com o peso do corpo. Vendo-a recolhida a um canto ele se despiu como num ritual e completamente nu surrou-a com um cinto de couro até perder o fôlego: o quarto estava escuro mas Lazinha pôde ver a cena pela porta escancarada.

Em 1926 Ana deu à luz Zilda, a última filha do casal. Apesar de um ou outro esforço de regeneração, a única coisa que sustentava o casamento era a inércia capaz de acentuar a falta de alternativa. O entusiasmo pelas coisas tinha desaparecido e agora a depressão se objetivava na desistência de sair de casa; no mais Ana enfrentava sozinha ou com a ajuda de Lazinha os afazeres domésticos e os filhos menores. As vizinhas costumavam visitá-la quase todos os dias e para conquistá-las ela as cumulava de presentes desviados do depósito; de um ângulo estritamente retrospectivo é possível imaginar que já pressentisse o abandono dos últimos anos e recorresse ao artifício na ânsia de assegurar algum afeto mais estável. A verdade é que isso não aconteceu e no decorrer do tempo interveio uma agravante, pois havia semanas em que Ana parecia inteiramente alheada. Embora não atinasse logo com o sentido daquela prostração, Lazinha acabou descobrindo que a mãe bebia às escondidas. Ana consumia as bebidas estocadas e para não levantar suspeitas tomava a precaução de recolocar as garrafas nas prateleiras depois de recompor a rolha e os selos. Por volta de 1929 Balila decidiu ampliar o depósito e para construir um prédio anexo ao armazém recorreu aos empréstimos de um agiota da cidade, o que naturalmente o obrigou a reduzir os gastos da família e a regular os estoques do armazém. À vista do que constatou nas prateleiras o marido compreendeu o que estava se passando em casa, mas àquela altura a bebida já era para Ana uma paixão que não se submetia a nenhum tipo de coação. Segundo a filha ela se servia de vinho do Porto e outros importados que encontrava no depósito; com a interdição passou à bebida barata dos bares da vizinhança, principalmente da venda de Alfredo Hebbel, amigo de Baldochi. Quem costumava ir buscá-la era a filha mais velha, com a recomendação de que escondesse o vidro sob o casaco para não chamar a atenção do pai: transformada em cúmplice da mãe a menina participava da conspiração sem perceber o seu alcance. Era manifesto no entanto que o estado de Ana piorava, pois agora era raro o dia em que Lazinha não a observava cambaleando ou falando com a voz pastosa, quando não dormindo à tarde um sono pesado. Em 1929 a menina já cursava o quarto ano primário numa escola pública e animada com a perspectiva de uma nova vida aberta pelo estudo ela via com aflição crescente a casa desorganizada, o irmão e a irmã negligenciados e o pai abatido ou colérico diante da mãe embriagada. No dia em que Alfredo Hebbel comunicou a Balila que não podia vender álcool a uma menor mesmo que ela fosse a filha de um amigo, Lazinha encontrou o pretexto de que necessitava para recusar com firmeza os pedidos da mãe. A dependência contudo parecia já ter destruído os freios internos e a mãe não hesitou em recorrer à boa vontade inocente de Ciro, então com menos de cinco anos de idade. O menino saía todos os dias de casa com uma garrafa vazia, atravessava a rua dos Morros e, prestando atenção nos bondes que subiam a ladeira, andava até um botequim onde pedia ao empregado que a enchesse de qualquer marca de aguardente; enquanto acompanhava com o olhar a bebida que escorria de um pequeno funil de zinco até o gargalo e caía espumando em silêncio no fundo da garrafa, ele ficava na ponta dos pés e depositava o dinheiro contado em cima do balcão de mármore.

As dificuldades financeiras de Balila vieram agravar o quadro de desagregação familiar. Com a queda nas vendas do armazém, sobretudo dos produtos importados, mais os prejuízos provocados pelos fregueses empobrecidos que tinham comprado a crédito, o comerciante se viu sem fundos para pagar os empréstimos acrescidos de usura. A despeito da intervenção de um ou outro amigo junto ao agiota, as notas promissórias foram caindo uma a uma no cartório e desencadearam o processo de penhora que se consumou por volta de 1931, o ano da grande crise. O armazém teve as suas portas fechadas, as mercadorias passaram já remarcadas para as prateleiras dos concorrentes, os melhores móveis, acessórios e roupas desapareceram, as paredes ficaram nuas e até o galinheiro do fundo do quintal foi esvaziado. A bancarrota de Balila tinha sido completa e foi nessa ocasião que a filha o viu pela porta do quarto contando algumas moedas de libra esterlina espalhadas sobre a colcha da cama de casal — certamente tudo o que restava dos bens legados pelo avô Fulvio ao pai agora falido. De todo modo a mulher e os três filhos ainda dependiam do chefe de família e essa circunstância o obrigava a pôr de lado o desânimo e a escolher um novo tipo de atividade econômica. A profissão de caixeiro-viajante parecia uma boa alternativa não só porque Baldochi conhecia as pessoas interessadas em encaminhá-lo, como também porque a necessidade de permanecer fora a maior parte do tempo o eximia simultaneamente do desgosto de ver a casa arruinada e da humilhação de ser apontado nas ruas como um fracasso. Isso explica que em 1931, aos quarenta e cinco anos de idade, tenha se internado no sertão de Iguape levando na mala ou em lombo de burro poções, fortificantes, pomadas e pequenos utensílios muito requisitados pelos moradores da região. Ao contrário do que seria legítimo esperar ele nunca se sentiu tão bem como nos quinze anos em que ficou convivendo com os caboclos, de cujas casas sempre foi hóspede bem recebido e pelos quais mostrava um respeito sincero, o que o levou a adotar até o fim da vida — morreu em 1946 de um derrame — alguns hábitos deles, como levantar de madrugada, adoçar o café com rapadura e fumar cigarro de palha.

Sem dúvida a fase de abundância relativa em que os Baldochi tinham vivido estava encerrada e com ela qualquer propósito viável de reafirmação social. Com a mesada que recebia do marido Ana só conseguia atender precariamente às necessidades dos filhos, enquanto anestesiava no álcool as antigas pretensões de elegância. Fosse como fosse, a filha mais velha continuava mais voltada para ela do que para o pai, embora a relação entre ambas estivesse se invertendo, pois agora era Lazinha quem procurava proteger a mãe. Nos momentos em que estava lúcida Ana narrava à confidente os episódios da infância e da juventude e era com uma satisfação muito visível que descrevia os pormenores da sua vida e o colorido dos espetáculos que ainda retinha na memória. Segundo os depoimentos da filha transformada em testemunha, a mãe às vezes percebia como um susto que vinha de fora o fato de estar se destruindo e procurava reagir apelando para superstições pesadas, como a de que espíritos maus a possuíam, o que pelo menos uma vez a levou trêmula de medo ao sítio onde morava João de Camargo, o curandeiro mais famoso da cidade. Persistiam igualmente as ilusões românticas de que ainda era uma mulher sedutora, por isso durante algum tempo acreditou na paixão que teria despertado em Rui Coelho, um dentista do bairro cujo consultório passou a frequentar, em companhia de Ciro, vestida com os trajes de luxo que havia subtraído à penhora dos bens familiares. A realidade é que o dentista estava noivo e arredio e foi com uma tristeza sem disfarces que ela afinal renunciou ao romance. Talvez tenham sido esses os motivos que acabaram convencendo as vizinhas e os parentes do marido — que Ana desprezava por serem simplórios — a deixarem de visitá-la, sendo possível também supor que a desolação da casa os tenha afugentado antes que a situação chegasse ao ponto de precisarem socorrer uma doente vaidosa na ausência do marido viajante. De fato quando Ana começou a ficar seriamente debilitada pela diarreia e a dar alguns sinais de *delirium tremens* o único adulto que tomou a iniciativa de levá-la ao médico foi Adelaide, uma mulher de meia-idade a quem Balila poucos meses antes havia alugado os espaços vazios do depósito. Ela era uma pessoa prática e decidida, estava separada do marido e dos filhos e conhecia os meios de conseguir assistência médica sem pagar porque trabalhava numa fábrica. Ana foi bem atendida, mas as atenções de Adelaide não encontraram a retribuição adequada: uma noite em que precisou ir ao quintal pegar água para as funções da manhã seguinte, Lazinha a viu receber um homem no quarto improvisado do depósito e ao ficar sabendo a mãe a despejou imediatamente sob a suspeita de que fosse prostituta.

Tem interesse lembrar que minha mãe havia evocado em outras oportunidades a morte de Ana, mas a impressão era de que o episódio ganhava um relevo novo para ela na medida em que não vinha destacado da sequência de acontecimentos que o precediam e aos quais impunha o contorno de coisa fechada. Embora sensível a essa lógica era inegável que ela agora se surpreendia e que o seu estranhamento tinha a ver com o sentido da vida de Ana. Evidentemente aqui não havia muito o que dizer, nem ela se aventurava a fazê-lo: apesar de conservar um lado místico, minha mãe era discreta em relação a crenças mais íntimas, o que de algum modo preservava a superfície lisa do relato direto. Foi com essa disposição que ela falou de 1933, ano que selou o destino de Ana e imprimiu um novo rumo à vida dos seus filhos.

As ausências prolongadas do pai tornavam Lazinha responsável pela mãe e a única ajuda que recebia vinha de Idalina, uma senhora paupérrima que morava na vizinhança. A adolescente de menos de catorze anos conhecia Idalina havia muito tempo e sempre se sentira bem na sua casa de taipa, onde passavam horas conversando enquanto a mulher de setenta batia pilão. Idalina era maternal com Lazinha e transmitia à jovem amiga um conforto tanto maior quanto mais a situação de Ana se deteriorava. Assim que a saúde da mãe declinou a tal ponto que já não lhe era possível cuidar de si mesma, a filha encontrou na vizinha o amparo de que precisava, uma vez que a angústia e a inexperiência não consentiam que tratasse simultaneamente de Ana e dos irmãos menores. Além do alcoolismo avançado, o diagnóstico do médico que a mãe havia consultado em companhia de Adelaide era de tuberculose intestinal e não deixava margem a qualquer esperança de cura, mesmo descontadas as condições materiais desfavoráveis em que vivia. Ultimamente Ana passava a maior parte do tempo deitada e sem se alimentar, exceção feita aos chás de erva-cidreira que Idalina preparava; tinha febre alta todos os dias, o corpo estava exaurido e a falta de energia aumentava o desinteresse pelo que acontecia à sua volta. Mesmo assim Lazinha conseguia frequentar um curso de corte e costura na Escola Profissional e era com um aperto no coração que ela voltava para casa, onde Ciro e Zilda montavam guarda à beira da cama nas poucas horas em que se ausentava. As crises de Ana tornaram-se frequentes e com isso Idalina passou a ser solicitada todos os dias para tomar as providências mais imediatas: sua aparição era saudada como um lapso de alívio e Lazinha a considerava o seu anjo particular. Mas o convívio cotidiano com a ideia de morte diante da mãe desenganada produzia na menina uma consciência precoce de impotência e fragilidade, ao mesmo tempo que a preparava subjetivamente para o desenlace: é provável que tenha sido essa a base real do estoicismo com que daí para a frente passou a encarar todas as dificuldades. Quando no mês de maio de 1933 ela leu na máscara de cera do rosto da mãe que Ana estava morrendo, o pai estava na iminência de partir para uma nova viagem ao sertão de Iguape; Lazinha conseguiu detê-lo na porta de casa e só por essa circunstância ele assistiu ao falecimento da esposa: Ana havia completado em maio quarenta e cinco anos e cinco meses de idade. Providenciado o enterro, que foi anônimo e despojado — a cidade seguia o seu ritmo de centro industrial provinciano indiferente ao destino daquela mulher —, Balila Baldochi sentiu a necessidade de organizar com urgência o que ainda restava da família. Resolveu tirar Ciro da escola aos oito anos para treiná-lo como ajudante de viagem e pediu à madrasta Claudina que acolhesse Lazinha e Zilda em sua casa, no que foi atendido sem nenhuma formalidade. Ainda moravam com a velha piemontesa duas vezes viúva dois filhos solteiros e um casado que trabalhavam na indústria têxtil e metalúrgica da cidade. Consciente das dificuldades dos seus protetores Lazinha desde logo se sentiu pouco à vontade como hóspede e pediu que lhe arranjassem um emprego com o qual pudesse dar conta de si mesma e da irmã Zilda, então com sete anos, que o pai havia confiado à sua tutela antes de seguir viagem. O pedido correspondia à ética e às necessidades dos parentes e foi assim que em meados de 1933, com catorze anos completos, Lazinha saiu da casa da avó ainda de madrugada e subiu a pé a rua dos Morros em meio a uma pequena multidão de moças e rapazes cujos rostos a escuridão ocultava, até chegarem juntos aos portões do prédio onde ela ficava de dez a catorze horas por dia costurando sacos de café: era a Fábrica Santa Maria, propriedade industrial da família de Paulo Emílio Salles Gomes, que àquela altura ensaiava em São Paulo os primeiros passos de sua carreira de escritor e militante de esquerda.

CIRO

A Lygia

O nascimento de Ciro em 1925 foi saudado como um triunfo pelos pais: além de sadio ele era o primeiro varão da família. Balila e Ana Baldochi, ele com trinta e nove e ela com trinta e sete anos, já estavam casados fazia treze. Ana tinha dado à luz cinco filhos e a única sobrevivente da prole dizimada por doenças era Lazinha, nascida em 1919. O parto foi realizado no quarto do casal num casarão da rua dos Morros por Assunta Tienghi, parteira italiana que atendia às pessoas de posses da cidade. Naquele ano os negócios do comerciante estavam em alta e justificavam a contratação de uma profissional de prestígio tanto quanto as comemorações pelo aparecimento de um herdeiro. O enxoval da criança tinha sido preparado pessoalmente pela mãe com a minúcia de uma ex-governanta treinada em Higienópolis. As tensões conjugais diminuíam em nome de uma gravidez tranquila e o zelo da esposa voltava-se com naturalidade para a escolha dos tecidos e a confecção doméstica das camisas, fraldas, toucas coloridas, sapatos de lã e mantas de feitio estudado que agora cobriam o corpo do filho. O marido orgulhoso refazia os cálculos e mostrava uma face pródiga com parentes e conhecidos, aboletados durante dois dias em torno da mesa disposta ao ar livre, sobre a qual brilhavam as garrafas de vinho, os licores, as compotas e outros produtos estrangeiros trazidos do armazém de secos e molhados que ocupava a frente da casa como uma fortaleza. À tardinha o prédio fervilhava: a ladeira da rua dos Morros, já servida pelos bondes do centro e bairros altos, era habitada por imigrantes espanhóis e italianos e seus descendentes, cujas casas se comunicavam por quintais sem cerca ou muro.

Enquanto guardou o leito Ana foi tratada por Frasquita, filha casada de d. Clara Moreno, espanhola abrutalhada e solidária que em tempos recentes havia se afeiçoado a Lazinha, companheira de Dolores, a caçula do grupo. Embora reprovasse a falta de compostura das *barcelonas,* que comiam cebola crua na calçada e se atracavam em público por intrigas amorosas, Ana se submeteu aos cuidados da moça com satisfação. O desconforto dos últimos meses e o trabalho de parto a tinham debilitado tanto que ela não podia recusar uma assistência voluntária — além do que a presença de Frasquita era ágil e a compensação pela áspera linguagem de palha que ela despejava da cozinha aos corredores chegava ao quarto através das sopas avivadas por colorau e pimentões vermelhos colhidos em horta caseira.

A participação do nascimento às relações sociais

importantes tinha sido confiada à filha mais velha, que ia completar seis anos. O encargo era um embaraço para Lazinha, porque ela não entendia o sentido da fórmula decorada com a qual a mãe a obrigava a se apresentar a cada visita: *Tem um criadinho às ordens.* Apesar da relutância foi com essas palavras que anunciou o acontecimento na casa de Luizinha Maia, perto da Vila Leão, depois de ter saltado no topo da rua da Penha do bonde aberto que unia o Além-Ponte ao Cerrado. Aos olhos da mãe a formalidade na residência senhorial parecia indispensável porque Julieta de Albuquerque, prima de Júlio Prestes, era irmã de Luizinha e tinha sido madrinha da menina. O filho de Julieta, Ciro, também era seu padrinho e o nome escolhido para o recém-nascido representava uma homenagem com endereço certo: menos de um ano mais tarde o menino seria batizado por Ciro Albuquerque de Vasconcelos a mando de Julieta e da matriarca Júlia na antiga igreja do Bom Jesus, situada na Casa Amarela, hoje parte da região de Barcelona, onde em 1851 o empresário Manuel Lopes de Oliveira fez a primeira tentativa de instalar uma fábrica de tecidos na Província de São Paulo com máquinas importadas da Inglaterra.

Ciro tinha três meses quando os pais decidiram levá-lo num passeio de automóvel ao sítio de um freguês na estrada de Itu. Como a época era de largueza Balila havia comprado um Ford e nas excursões de fim de semana quem dirigia era o meio-irmão Natale, filho do imigrante marselhês Fulvio Baldochi, que se casara em segundas núpcias em Sorocaba com a viúva piemontesa Claudina Giotto. A escolha era acertada porque a destreza no volante e o conhecimento técnico dos motores a explosão tinham levado Natale de padeiro e sucessor do pai numa confeitaria a mecânico-chefe das oficinas Mencacci na avenida São Paulo.

Até hoje o leito da estrada de Itu é acidentado, a despeito das variantes modernas e da camada de betume superposta à trilha de índios e boiadeiros: um carro como aquele só podia subir as lombadas em marcha à ré ou forçando os passageiros a descer do automóvel. Numa dessas emergências Ana, acompanhada de Lazinha e carregando Ciro ao colo, teve de aguardar algumas horas à beira do caminho. O mormaço estava forte e deve ter sido aí que uma varejeira picou várias vezes a nuca descoberta da criança. O ferimento foi sério e a mãe só se deu conta dele alguns dias depois que o menino começou a chorar de exaspero: a bicheira havia se alastrado por toda a base do crânio. Sem querer consultar um médico, Ana cuidou de Ciro à sua maneira, enfiando uma pena de galinha embebida em arsênico nos pontos em que a pele estava perfurada. Ao contato do veneno diluído as larvas subiam à tona como os vermes de uma fruta estragada.

Baldochi se preocupava com a saúde do filho mas aprovava a medicina improvisada da mãe. Várias vezes por dia ele ia ao quarto para ver se a criança estava respirando e a apreensão diminuía à medida que o choro era intercalado por horas de sono. A agressão do arsênico surtiu efeito e a úlcera nas dobras do pescoço foi medicada com cremes que Balila preparou seguindo as instruções de um velho manual francês sobre moléstias da pele. À noite, fechadas com trancas de madeira as portas duplas do armazém, o interesse do pai aumentava: tornado impraticável por novas desavenças com a mulher, o serão de família tinha sido substituído pela tarefa tranquilizadora de embalar um bebê. O pai amarrava um cinturão de couro na parte móvel do berço e o puxava de lá para cá, afinando no ritmo do balanço a voz rouca de cigarro. Cantava as cantigas que conhecia da infância passada em Marselha e as misturava com histórias inventadas sobre o personagem de cinema que ele associava ao rosto redondo do menino: *Nana, seu Chico Boia*.

Alimentadas pelos ciúmes do marido e pelo descaso vingativo da esposa, as relações crispadas entre Ana e Balila não impediram uma nova gravidez: em 1926 nascia Zilda, a última filha do casal. A irmã mais velha assumiu a proteção maternal da mais nova e o gesto infantil acabou selando a posição de Ciro no quadro familiar. Negligenciado por Ana, a quem se sentia ligado, e preterido por Lazinha, que se apegara a Zilda, ele ficou a sós com o pai, que de fato o preferia, mas por força das circunstâncias descarregava a energia nos negócios, além de se encarniçar nos conflitos com a mulher.

A estabilidade material impedia a desagregação

do casal sem eliminá-la. Isso ajuda a entender por que, seduzida pelo alívio do xerez oferecido na casa dos vizinhos espanhóis, Ana começou a beber durante a gravidez de Zilda e passou a consumir às escondidas os vinhos importados do armazém. Decidido a ampliar as dependências do depósito em face do aumento das vendas, era inevitável que Baldochi descobrisse as garrafas vazias com os selos e as rolhas recompostos. Embora se embriagasse longe das vistas do marido, Ana não cedia a nenhum apelo ou ameaça: vedado o acesso às prateleiras recorreu à cumplicidade da filha mais velha para conseguir a aguardente barata dos bares da vizinhança.

Às voltas com o vaivém do comércio Balila se desviava dos transtornos em casa reatando os laços políticos com os seguidores de Fernando e Júlio Prestes que desde a revolta de 24 se reuniam num palacete da rua Brigadeiro Tobias, a poucos metros do Teatro São Rafael. Chegava de carro à sede dos encontros vestido de terno e informado pelos jornais conservadores de São Paulo, que lia no balcão do estabelecimento ou sentado numa poltrona da sala com a cinta desapertada. Seus primeiros contatos tinham sido mediados pela mulher mas agora ela ficava no casarão da rua dos Morros fazendo companhia aos três filhos ou entretendo as amigas da rua Treze de Maio que às vezes a visitavam. Os atritos surgiam quando Ana saía com Lazinha para assistir às peças de Juan Santiesteban no Teatro Alhambra, a três quarteirões de distância. Se não a encontrava na volta das reuniões políticas o marido a acusava de abandonar os filhos menores mesmo sabendo que as crianças ficavam sob os cuidados de uma vizinha. O motivo da cólera evidentemente era outro: com quarenta anos Ana não havia renunciado à elegância de São Paulo e ia ao teatro maquiada e vestida com roupa de gala. A exigência de se apresentar paramentada em público se satisfazia com algum olhar de inveja das senhoras do bairro; para Baldochi essa pretensão sempre equivaleu a independência e falta de recato. As cenas de agressão eram invariavelmente acompanhadas pelos filhos — Lazinha agarrada ao corpo da mãe para livrá-la das cintadas que zuniam, Zilda encolhida num canto escuro da sala e Ciro enxugando os olhos nas mangas de um macacão de flanela.

O choro tornou-se uma segunda natureza para Ciro. As lágrimas vinham fáceis e o gesto de esfregar a ponta do nariz na roupa, erguendo um dos braços de encontro à cabeça inclinada de lado, era tão previsível quanto o hábito de seguir a mãe como uma sombra. Ana mantinha distância em relação a ele mais por desinteresse do que por cálculo e só se aproximou no momento em que se viu forçada a substituir Lazinha para assegurar a bebida que vinha de fora. Da mesma maneira que a irmã, agora rebelde, aos quatro anos ele cruzava de manhã o portão de entrada levando uma garrafa vazia debaixo do casaco para não chamar a atenção do pai que estava no armazém; parava na beira da calçada e só atravessava a rua dos Morros se o bonde não vinha vindo; já do outro lado, subia a rua íngreme encostado aos muros e depois entrava num botequim da esquina. Enquanto olhava o líquido cair no fundo do vidro por um funil de zinco enfiado no gargalo, erguia-se na ponta dos pés e depositava o dinheiro contado sobre a pedra do balcão.

O declínio da mãe foi acompanhado de perto por Ciro. Nos instantes em que estava lúcida, Ana ficava abatida e atraía Lazinha para relembrar o passado e fazer confidências, mas quem a seguia nas incursões pelas ruas era ele. A sombrinha de cores aberta e o casaco pendurado no braço, ela saía de casa no meio da tarde e caminhava aérea pelas calçadas; a voz alterada pelo álcool, conversava com o menino que andava atrás de cabeça baixa ou falava consigo mesma fazendo gestos; ao cair da noite, o cansaço e o torpor a dominavam e se não via um banco de jardim à disposição ela descansava sentada no meio-fio. Ciro não a deixava sozinha, atirando pedras nos moleques que assobiavam e esperando que ela se recompusesse e voltasse para casa. O pretexto de Ana para os passeios era a necessidade de espairecer, mas comumente eles se prolongavam de bonde até o Alto do Cerrado. Ela descia num ponto perto da Caixa-d'Água e entrava numa travessa da rua General Carneiro, onde havia um bar servido por uma conhecida sua; em pé diante do balcão, bebia copos de quinado enquanto conversava e só pedia a conta se o filho não continha mais o choro; na viagem de volta dormia um sono pesado sobre o assento de tábuas do bonde e despertava sacudida pelos ombros no ponto final Quinzinho de Barros.

A rotina da casa se desfazia à medida que aumentava o alheamento da mãe. Entregue a si mesmo como o pai e as irmãs, Ciro se submeteu aos cinco anos à falta de horário, às refeições precárias, à roupa encardida e ao quarto desarrumado, onde a poeira grossa cobria os móveis. Mal agasalhado no inverno teve um torcicolo que semanas a fio o fez gritar de dor na hora de dormir; deitada no quarto vizinho Ana repetia cochilando que ele precisava segurar a cabeça com as duas mãos para se acomodar no travesseiro. O pai resolveu tratá-lo por conta própria com cera quente de terebintina e na pele dos ombros apareceram bolhas que se transformaram em feridas. Quando as dores cederam, Ciro não podia mover a cabeça sem virar também o corpo: do fim da infância à metade da adolescência seu apelido em casa e na rua foi *pescoço duro.* Na mesma ocasião uma epidemia de catapora se espalhou entre as crianças do bairro e as irmãs não tiveram sequelas porque estavam protegidas por urucum em volta dos olhos. Solto pelo quintal, em Ciro ela arrebentou na córnea e para evitar o sol ele desencavou do baú de roupas velhas um boné de brim que tapava a testa. Mas o olho esquerdo ficou lesado e a visão prejudicada acentuou sua necessidade de fazer meia-volta para enxergar de lado.

Quando em maio de 1933 Ana morreu, Ciro tinha completado oito anos. A agonia foi prolongada e sem assistência e os três filhos presenciaram impotentes a deterioração da mãe, consumida pelo álcool e pela tuberculose. Dois anos antes a crise econômica no país havia atingido em cheio os negócios de Balila e as promissórias protestadas por um agiota da cidade determinaram sua falência e a penhora dos bens, que o fizeram aceitar um emprego de caixeiro-viajante para sustentar a família.

As viagens do pai iam de jardineira de Sorocaba a Piedade e continuavam a pé pelos lugarejos miseráveis da serra de Paranapiacaba. Duravam três semanas e nesse espaço de tempo Ana precisava cuidar de si mesma e dos filhos com uma mesada escassa. Na manhã em que ela estava morrendo, Baldochi se preparava para enfrentar outra vez o sertão assistido por Caboclo, um índio fugido do manicômio que carregava as malas e abria picadas; detido na porta da casa pela filha mais velha ele assistiu ao desenlace e cuidou dos preparativos para o enterro no dia seguinte. O caixão de segunda foi colocado na sala de visitas de paredes vazias e à noite apenas Ciro, o pai e Caboclo velaram o corpo de Ana, pois Balila mandou as duas filhas irem dormir na casa de Claudina Giotto. Durante a madrugada Lazinha acordou num sobressalto e saiu correndo pelas ruas desertas do bairro para ficar com a mãe. Ao entrar na sala do velório viu Balila e Caboclo dormindo nas cadeiras de palha e Ciro passando as mãos no rosto de cera do cadáver.

O menino foi morar na casa de uma tia num lugar distante do Além-Ponte, o que o separou das irmãs, que tinham ficado sob a guarda de Claudina. A estada durou pouco porque o tio não conseguia adaptar o gênio severo de operário aos modos arredios e às fugas de Ciro pelas ruas que pouco antes percorria com a mãe. A essa altura ele já estava fazendo o primário sem o menor interesse, o que levou o pai a tirá-lo da escola. A justificativa era que precisava de ajuda nas viagens, pois numa de suas crises mentais Caboclo foi internado num asilo fora da cidade. Apesar de magro Ciro era capaz de levantar as malas de um vendedor de remédios e foi em nome disso que começou a passar semanas inteiras nas veredas de Paranapiacaba.

A estrada que vai de Piedade a Iguape cruza vales e cristas cobertas de mata e o ambulante dos anos 30 e 40 tinha de conhecer a região a palmo para não se extraviar nas trilhas. Balila sentia-se à vontade naquelas paragens e mesmo sob o sol e as chuvas na serra não perdia o bom humor, que procurava incutir no ânimo do ajudante que ia atrás cabisbaixo como sempre. Pelo convívio prolongado com Ciro ele sabia que o silêncio e o alheamento não eram agressivos e que só a fome o fazia resmungar, por isso de tempos em tempos suspendia a marcha e, na beira de um rio ou à sombra de uma figueira, desafivelava o embornal e ambos comiam fatias de salame com pão italiano enquanto descansavam durante uma pausa de meia hora. Muitas vezes as paradas eram impossíveis porque a palhoça mais próxima ficava a uma légua de distância e não havia tempo a perder se não quisessem ver o sol desaparecer atrás dos picos e a escuridão do mato fazê-los dormir ao relento enrolados em pelegos. Baldochi era conhecido nas roças e no fim da tarde os lavradores o recebiam com cortesia em suas casas de taipa. Ciro não participava das conversas e negociações ao pé da trempe, comia o que as mulheres ofereciam e depois largava o corpo na esteira de vime estendida no chão de terra socada. De madrugada o pai o despertava de um sono de pedra e após ajudá-lo a limpar da pele os pontos pretos de pulgas os dois bebiam uma caneca de café adoçado com rapadura, arrumavam as malas de remédios e retomavam a caminhada ainda respirando a neblina da manhã.

Até os quinze anos Ciro acompanhou as caminhadas do pai pelo sertão de Iguape. Os períodos na cidade eram breves e ele não insistia em voltar à escola. Mas sua curiosidade de saber para que serviam os remédios deu a Balila a oportunidade de descrever o conteúdo dos vidros e caixinhas e aos poucos o adolescente associava as informações aos caracteres impressos nos rótulos. Quando se alfabetizou com o pai, as bulas e os almanaques passaram a ser suas leituras nos momentos de folga.

Ele estava desenvolvido e um palmo mais alto que Baldochi; habituado à solidão do mato falava pouco e, se por necessidade dizia alguma coisa, era coçando os cabelos aparados rente, numa irritação que se comunicava ao timbre da voz e aos movimentos dos braços. Queixava-se de dor de cabeça e o pescoço duro comprometia a naturalidade dos gestos que se tornavam angulosos; no fim de uma jornada sem descanso emudecia ou chorava sem fazer ruído, apertando os lábios recortados por uma linha branca sobre a qual já aparecia o buço. Se algum incidente ou anedota o divertiam o riso se irradiava pelas maçãs do rosto rosado fazendo a pele tremer até alcançar a curva do queixo. Mas a alteração da fisionomia não durava muito e os olhos redondos ficavam distantes do que estava acontecendo.

A extensão da clientela formada pelo caixeiro-viajante chegou ao conhecimento de um amigo representante dos Laboratórios Baldassari. A associação entre ambos era natural e liberou Baldochi das viagens a pé, uma vez que o sócio tinha um carro capaz de enfrentar a estrada de terra e algumas picadas do sertão. Além disso ele mantinha boas relações com os diretores da Drogasil e não foi difícil conseguir para Ciro um posto de balconista na farmácia mais próspera da cidade. Embora o rapaz de dezesseis anos tivesse apenas a instrução adquirida na leitura de rótulos e bulas, ela era suficiente para um desempenho satisfatório no emprego e o conhecimento dos medicamentos acumulado na serra de Paranapiacaba ajudou o ex-maleiro na nova situação. Longe da vida em campo aberto e excitado pelo ambiente de trabalho na cidade que se transfigurava no ritmo industrial dos anos 40, a evolução de Ciro foi rápida e aparou as arestas mais vivas do seu temperamento. Passou a morar com Baldochi e a irmã Zilda numa casa alugada da Vila Santarini, ruela de terra que terminava num barranco em que os moradores do bairro jogavam o lixo que as crianças disputavam com os corvos.

Com os recursos que subtraía à manutenção doméstica Ciro passou a se vestir na moda: era enfatiotado como os colegas de balcão que nas noites de sábado e domingo ele descia ao centro para fazer o footing na praça Coronel Fernando Prestes. Seguindo uma tradição que o tráfego de automóveis desfez, os moços andavam em volta da praça em sentido contrário ao das moças na ciranda regulada pelo som dos sapatos sobre as pedras do calçamento: dela surgiam os namoros dos jovens impedidos de dançar nos clubes do centro.

No fim de semana em que o sol deixara uma luz branca nas paineiras, depois de acertar na cúpula da matriz, os olhos de Ciro fixaram uma cabeça loira no meio do grupo que parecia vir correndo ao seu encontro. A experiência era desconhecida porque não havia nela sofrimento ou mal-estar, embora fosse isso o que sentisse numa direção inesperada. Os amigos notaram a mudança e na terceira volta estimularam o companheiro intimidado a tomar uma iniciativa e falar com a moça. Quando ela reapareceu no bando das jovens, Ciro estava pálido; esfregou o nariz e o pescoço com um lenço e perguntou de longe, já virado de lado, se ela podia encontrá-lo no coreto. A moça foi até lá sozinha, os dois conversaram e Ciro se apaixonou.

O amor não foi tranquilo porque ele se impacientava por não ver a namorada todos os dias. Em vez de voltar para casa ficava horas sentado num banco da praça olhando com uma sensação de vertigem as pombas que iam do telhado dos clubes para o campanário. Era raro que ela viesse e assim que desistia de esperá-la, subia a pé a rua de São Bento, passava pelo mosteiro do século XVII raspando os dedos no reboco, ficava algum tempo no Jardim dos Bichos à procura de uma cabeça loira sob os lampiões, descia a rua Sarutaiá com os sapatos mergulhados na poeira amarela, dobrava a esquina da Vila Santarini e abria soluçando a porta da casa onde dormia perto de um fogão de lenha.

Poucos meses depois do encontro no coreto Ciro ficou sabendo que a moça de dezesseis anos era prostituta desde os treze. Estava na porta da Drogasil à tarde quando os colegas de trabalho apontaram para o fim da rua Mailasky e ele pôde vê-la saindo da delegacia para o reformatório de meninas. Durante semanas recebeu bilhetes que chegavam à farmácia pelas mãos de desconhecidos e acabou tomando a decisão de ir buscá-la para se casarem. Não o incomodava que varejistas da rua Barão do Rio Branco a tivessem posto no bordel do Alto de Santana, onde os investigadores um dia foram prendê-la. O fato é que no reformatório ele não podia nem visitá-la e foi com amargura que cedeu aos argumentos do pai empenhado em livrá-lo da situação sem saída.

A influência de Baldochi nas decisões do filho

era reforçada pela confiança de Ciro. A necessidade que ele tinha de ver traçados os caminhos que ia seguir completava a submissão. A diferença de idade também era significativa e a experiência do adulto de cinquenta e seis anos se impunha com naturalidade ao jovem de dezessete. No curso do tempo o estilo do pai havia mudado e do comerciante sanguíneo que enfrentara a competição e o casamento com duas derrotas nas costas tinha emergido o homem sem ambições que entrava na velhice com uma resignação bem-humorada. Sua predileção por Ciro não comprometia as relações com as filhas, porque as duas viam na persistência do laço uma proteção que as dispensava de cuidados com o irmão vulnerável. Além disso o casamento precoce de Lazinha e a adesão de Zilda ao casal confirmavam a divisão da família, marcada pelo desencontro dos pais e consumada pela morte da mãe.

Ciro mantinha distância das irmãs para não ser rejeitado, mas logo que entrou no quadro da Drogasil começou a procurar a mais velha em casa. Ele a visitava para contar os progressos que fazia na farmácia e expunha com uma fluência forçada os seus projetos para o futuro. Lazinha costumava recebê-lo na área de entrada porque o marido era hostil ao cunhado e essa restrição tornava as conversas breves. Mas ela percebia os gestos de compensação do irmão e os interpretava como um tique que se somava às meias-voltas que ele era obrigado a fazer para enxergar de lado.

Quando terminou a Segunda Guerra Mundial Ciro deixou a Drogasil para se tornar operário da Estrada de Ferro Sorocabana.

A entrada principal da estação fica sob um abrigo de vidro art nouveau e na fachada branca do prédio consta o ano de 1875. O portão é de ferro batido e no saguão que agora parece menor estão os guichês de madeira esmaltada das passagens de primeira e segunda classe. Para chegar à plataforma é preciso atravessar a catraca junto à qual um funcionário de uniforme azul e boné com as insígnias da ferrovia confere os bilhetes e sem erguer os olhos aponta para a sala de espera ao lado. No cômodo escuro servido por bancos descascados há pouca gente porque a maioria dos trens transporta carga e já não leva mais tantos passageiros para São Paulo. A plataforma de cimento tem uma cantoneira de aço que vibra assim que os vagões surgem num ponto visível do horizonte e até hoje os passos ecoam sob a velha armação de ferro. Cinquenta metros à direita começa a escada de caibros, que emenda na passarela metálica, e pela grade de varais cobertos de fuligem é possível ver os fios de alta-tensão e acompanhar as linhas de trem sobre os dormentes assentados na esteira de cascalho. No meio e nas extremidades da plataforma as placas encardidas indicam o nome da cidade e no momento em que as composições de carga passam a estação inteira estremece, para retomar o silêncio cortado ao longe pela estridência de uma serra. O ruído chega à cobertura vindo de três galpões, erguidos a pouca distância para as obras de manutenção da ferrovia. A sigla EFS, em relevo nas paredes laterais dos prédios recortados como castelos de papelão, tem o desenho nítido de dragonas que contrasta com o céu de chumbo e o trabalho dos operários que há mais de meio século se revezam durante os sete dias da semana.

Ciro trocou o balcão da Drogasil pelas oficinas da Sorocabana a conselho do pai, que considerava esse emprego mais sólido. Os dois ainda moravam com Zilda na casa da Vila Santarini e o adolescente acordava de madrugada para trabalhar no turno da manhã. Alimentado a pão e café preto, sua tarefa agora era deitar-se sob os vagões e segurar com uma chapa de aço os rebites incandescentes que eram malhados de cima por outros operários. Para não se queimar com as fagulhas que saltavam no escuro como estrelas, cobria os braços com a estopa fornecida pela companhia, mas mesmo assim a pele ficou crestada. No intervalo de almoço ele sentava sobre pilhas de trilhos ou nas portas dos vagões estacionados para comer a marmita de arroz, feijão e batata que o pai preparava à noite. Nas épocas em que Balila estava viajando por Iguape ou Cotia, Ciro recebia em casa a marmita que vinha de uma pensão das redondezas. As dores nas costas e no pescoço o atormentavam e havia semanas em que não conseguia digerir a mistura da pensão, servindo-se das bananas que a irmã comprava com as moedas acumuladas sobre o tampo de um aparador. O ordenado pago pela Sorocabana era melhor que o da farmácia embora o custo de vida no após-guerra consumisse o que ele ganhava. O pai também enfrentava dificuldades com o aumento de concorrentes bem equipados e por isso Zilda foi morar na casa de Lazinha para viver como hóspede e babá.

Aos vinte anos Ciro já era homem feito, conservava as amizades do tempo da Drogasil e saía pouco por causa do cansaço e das roupas puídas que já não serviam no corpo espigado. Com o macacão de ferroviário ornado por um emblema nas costas, ele não ficava à vontade para ir à praça. Durante o ano do serviço militar usou a farda e as botas engraxadas, estimulado pelo pai que ia ao Jardim dos Bichos, hoje Frei Baraúna, assistir sentado na guia da calçada aos exercícios e às marchas militares. Como era alto, Ciro ocupava a primeira fila do batalhão e Baldochi chorava ao vê-lo desfilar carregando a bandeira do Brasil — em parte porque o eco da guerra na Europa ainda era forte para um cidadão francês e mais secretamente porque ele não tinha podido servir no exército.

Desde 1930 a Sorocabana tinha crescido e se consolidado como via de transporte de carga e passageiros e a população sem posses da cidade via nela um meio de vida que passava de pais a filhos como uma carreira de funcionários. O cálculo de Baldochi ao fazer o filho trocar o posto de balconista pela faina de ferroviário era razoável, porque ele havia seguido de perto três gerações de trabalhadores como comerciante no Além-Ponte. A certeza foi quebrada logo que Ciro entrou no primeiro corte de operários dos últimos dez anos — centenas foram dispensados em nome da redução de despesas e do maior rendimento das máquinas novas. A indenização foi magra o suficiente para que ele saísse à procura de outro emprego, pressionado pela penúria familiar. A essa altura Baldochi tinha sofrido o derrame que devia matá-lo, as contas do hospital assumidas pelo marido de Lazinha pesavam sobre suas costas e quando o pai foi mandado de volta para casa Ciro estava desocupado e sem oportunidade de encontrar uma vaga nas fábricas, que respondiam à crise com mais desemprego. Impossibilitado de recorrer ao conselheiro imobilizado num catre, que agora precisava do seu auxílio para sobreviver, Ciro aceitou um lugar de garçom no Bar Comercial da rua Dr. Braguinha.

O bar já não existe e a rua foi incorporada à zona de pedestres que liga as vias centrais à antiga praça do coreto na qual Ciro conheceu a primeira namorada. Na esquina da rua Dr. Braguinha, a um quarteirão da matriz, a farmácia Drogasil ocupava o térreo de um sobrado que ainda dá a face lateral para a rua Mailasky. A área era movimentada pelo trânsito de pedestres e pelos carros que saíam dos cavaletes, uma vez acabado o racionamento de pneus e gasolina dos anos da Segunda Guerra. Beneficiado pelas mudanças o Bar Comercial transformou-se em ponto de encontro de lojistas que iam beber coca-cola ou tomar café nos intervalos dos negócios. À noite ele era frequentado por outra clientela, voltada para o jogo de snooker nas mesas Taco de Ouro, protegidas por biombos de treliça para isolar os profissionais dos *sapos* que queriam assistir às partidas e dos adolescentes com vontade de jogar. Ciro ficava atrás do balcão de mármore, vestido de avental e quepe, onde estava bordado em vermelho o nome da casa, lavando as xícaras, enchendo os açucareiros, preparando o café, passando pano úmido no balcão, estendendo o dinheiro ao caixa, devolvendo o troco, abrindo garrafas, fazendo tilintar os copos diante dos fregueses. Atendia também aos que ocupavam as mesas na quina da entrada e o chamavam com um estalo dos dedos; ao voltar para o balcão curvava-se para passar por baixo da tampa que separava os dois ambientes. No fim da tarde a agitação era menor e ele podia ficar sentado num banco perto da abertura quadrada, que dava para a cozinha, e conversar com o empregado lá dentro como se estivesse falando sozinho. Quando a noite caía o bar fervilhava com os grupos que iam beber cerveja junto à caixa registradora e os jogadores de sinuca que queriam as mesas escovadas, giz azul para a ponta dos tacos e as bolas vermelhas arrumadas nos triângulos de madeira envernizada. O vaivém continuava até meia-noite, quando as malhas de ferro eram corridas e Ciro começava a lavar o chão de ladrilhos coloridos sem importunar os parceiros de jogo, que podiam ficar até a manhã do dia seguinte assistidos por outro garçom que atravessava a madrugada servindo cachaça e fatias de mortadela com limão. Às sete horas ele rendia o colega, vestia o avental, punha o boné na cabeça, ligava a cafeteira, conferia as xícaras, copos e talheres e iniciava nova jornada, com direito a um prato feito na hora do almoço. O salário mínimo era engrossado pelas gorjetas divididas com os outros garçons, depois de deduzida a comissão que ia para os bolsos do proprietário. Não eram pagas as horas extras nem o adicional noturno previstos na Consolidação, e nas temporadas de fim de ano e Carnaval ele recebia um pró-labore por estar à disposição da clientela fora do horário habitual. As olheiras azuladas marcavam o abatimento mas Ciro atendia com agilidade aos fregueses que o chamavam pelo nome e vinham conversar com os cotovelos apoiados no mármore. As disputas entre os jogadores também o atraíam e se o ritmo das apostas aumentava as gorjetas cresciam. Ciro as embolsava levantando o avental branco sobre a calça de listras e foi numa dessas vezes que ele me viu na porta do bar espiando uma partida pelas frestas do biombo. Aproximou-se e pôs na palma da minha mão uma moeda graúda, dizendo em voz baixa que era hora de voltar para casa. Os gestos eram brandos e o traço branco que recortava os lábios desaparecia no meio do caminho.

Foram funcionários do *Cruzeiro do Sul* que frequentavam o salão de snooker os primeiros a informá-lo sobre a gráfica do jornal. Apesar de não ler por falta de tempo, Ciro começou a se interessar pelo ofício e uma visita às impressoras, num prédio de dois andares da rua de São Bento esquina com Santa Clara, apressou sua decisão de aceitar uma vaga. Familiarizou-se com as máquinas, a luz artificial, o cheiro de chumbo e antimônio e se adaptou ao barulho dos teclados, que davam um ritmo novo aos movimentos dos braços. O salário era menor que o de garçom aquecido pelas gorjetas e a recompensa vinha no gosto de compor as placas de metal fundido que via reproduzidas nos caixotes das páginas de publicidade. A tarefa seguia os ponteiros do relógio e as badaladas do sino da matriz pontuavam a mobilidade de espaços e linhas, formando a imagem de disciplina que ele não tinha conhecido nas matas de Paranapiacaba, no vaivém atrás do balcão ou no impacto dos rebites cravados nos vagões da Sorocabana.

O começo da carreira de gráfico correspondia a exigências que Ciro sentia próximas desde a morte do pai. A perda do protetor aos vinte e um anos levava à necessidade de esquecer a autoridade paterna e isso o afastava da dependência. A liberdade para decidir sozinho era acompanhada pelo desconforto de quem tinha encarado a sujeição como uma norma de conduta. Ele não se aventurava a nada que não julgasse à mão e nesse lance a timidez o apoiava: as passagens de ajudante a ferroviário e de garçom a gráfico soavam como golpes do acaso. Era sensível à mudança que observava na facilidade de fazer amigos e economizava o que podia para comprar roupas e objetos de casa. Voltou ao footing da praça Coronel Fernando Prestes e a despeito do primeiro namoro malogrado não evitava as moças que na ciranda ao ar livre batiam os saltos dos sapatos nas pedras do calçamento. Nas noites de sábado e domingo vestia o terno de albene com uma gravata de bolas vermelhas e ria na roda ao lado dos colegas, esticando sob o paletó o colete em que brilhava uma corrente de relógio. Ao cumprimentar as pessoas que conhecia, o pescoço duro o obrigava a girar nos calcanhares e numa dessas viradas os olhos brilhantes de Terezinha devem ter encontrado os seus. Parou sem notar que os parceiros iam em frente e por um instante ficou perdido atrás dos corpos que se afastavam em silêncio.

Terezinha vinha de uma família operária de Piedade que morava na rua Artur Gomes, a alguns quarteirões da ladeira da Penha. Para equilibrar o orçamento da casa sustentada pelo pai aposentado ela fabricava no quintal balas de alfenim cobertas por papel de seda, que vendia às doceiras do bairro de

Trujillo. Era pequena e magra, os cabelos pretos desciam até os ombros, o olhar agudo fixava as pessoas e desfeito o interesse virava uma névoa fina. Apaixonou-se por Ciro assim que o conheceu e uma vez correspondida empenhou na relação a energia de uma mulher que, aos vinte e três anos, era capaz de superar o infortúnio de ter sido a amante adolescente de um homem rico, casado e avarento que a tinha abandonado pouco tempo antes sem dar explicações.

A vida solitária de Ciro na casa da Vila Santarini e a disposição da noiva para dispensar os preparativos levaram os dois a se casar no cartório depois de alugar uma casa de três cômodos na rua Treze de Maio quase esquina da praça Carlos de Campos. A mãe de Ciro havia passado anos naquele lugar e a lembrança das exigências de Ana em relação à etiqueta inspirou o filho a compor e imprimir os cartões comunicando o endereço do casal. O tamanho da casa exigia pouca mobília e a habilidade de Terezinha compensava o que faltava com tapetes, almofadas e peças de crochê que enfeitavam os cantos, o sofá, a mesa da sala, o quarto de casal e o piso roído do banheiro.

Ciro almoçava com a mulher porque as oficinas ficavam a quinhentos metros da rua Treze e ele cobria a distância passando pelo mosteiro; à noite lia na espreguiçadeira o jornal que tinha visto sair das impressoras. O ordenado de gráfico era pequeno, mas entregue aos cuidados de Terezinha rendia mais que o suficiente para pagarem as prestações e o aluguel regulado pela lei do inquilinato. Para aliviar o orçamento ela continuou a fazer balas de alfenim e as encomendas aumentaram a ponto de ocupar as folgas do serviço doméstico. Uma vez por semana os dois iam assistir às fitas levadas no Cine São José e depois desciam de braços dados a rua de São Bento até a praça do canhão na Quinze de Novembro, de onde avistavam a bifurcação da ladeira central, os trens que iam e vinham da estação Paula Souza e a ponte sobre o rio emendando na pista de paralelepípedos da avenida São Paulo.

Estavam casados fazia dois meses quando Ciro começou a sentir as dores de cabeça provocadas pelo antimônio e o médico que o atendeu recomendou que tomasse o dobro da cota de leite oferecida aos empregados para amenizar a intoxicação. Terezinha acompanhou o marido ao consultório e imaginando estar grávida falou da febre e dos suores noturnos que vinha tendo. A resposta do médico foi inesperada: ao examinar seus pulmões pediu que ela fizesse um raio X na Santa Casa. Estava acontecendo alguma coisa séria e no dia em que foi buscar as chapas no hospital, depois de subir a encosta que vai até o bairro de Árvore Grande, Ciro ficou sabendo que o diagnóstico era tuberculose. A informação foi recebida como um golpe: ele ainda tinha presente a imagem da mãe agonizando no quarto de casal da rua dos Morros, o corpo exaurido sob os lençóis e a testa de cera onde o cabelo grudava. Sentou-se num banco do largo de São Bento olhando as paredes esburacadas do mosteiro e só se animou a levantar o corpo quando o sino da matriz desfez o choque. Terezinha costumava esperá-lo para o jantar e feitas as contas do dia iam dormir depois de ler o jornal. Ao vê-lo mudo na porta da sala com o envelope na mão ela ergueu o braço até a boca. Ciro compreendeu que Terezinha sabia de tudo e perguntou por que ela não tinha dito nada até então. A cabeça voltada para baixo, a mulher não pôde responder, mas os gestos deixavam claro que estava doente desde antes do casamento. Naquela noite Ciro dormiu no sofá da sala sem tirar o uniforme e na manhã seguinte tomou as providências para interná-la num sanatório de Campos do Jordão.

Nos dois anos em que Terezinha ficou internada, Ciro a visitava sempre que podia e diante das despesas recorreu a empréstimos que o levaram a trabalhar horas extras. A casa da rua Treze estava abandonada, já que nos fins de semana ele só tinha energia para fazer as compras necessárias. Duas vezes por mês uma vizinha se incumbia da faxina, lavando os pratos e talheres empilhados na pia e tirando o grosso da poeira que se acumulava sobre os móveis e o assoalho como nos seus tempos de infância. Nos feriados prolongados ele ia de trem a Campos do Jordão passando por São Paulo e Pindamonhangaba e à noite chegava a uma pensão na entrada da cidade sem ânimo para outra coisa senão tomar uma sopa e cair na cama. Terezinha o recebia na enfermaria e as madres permitiam que ela fosse à varanda com o marido se o céu estava claro e havia alguém por perto. A princípio os dois conversavam até a hora das orações; alguns meses depois só ele falava — sobre o emprego, as perspectivas de trabalho numa gráfica da rua Dr. Braguinha e a possibilidade de ganhar o bastante para ela deixar o sanatório e ir para uma clínica confortável. Os silêncios de Terezinha marcavam a desconfiança nas promessas e o desconforto de saber que seu estado de saúde não melhorava: apesar de menos magra e das faces coradas, os acessos de tosse continuavam, a febre não cedia e as hemoptises a sufocavam no meio do sono. Ciro notava que os olhos dela o fitavam com uma intensidade que traía o ressentimento desde o dia da separação. As despedidas vinham acompanhadas por lágrimas que ela tentava esconder antes de chegar à porta de vidro da saída; no caminho de volta ele cruzava uma alameda de plátanos com a certeza de que o casamento havia terminado.

As visitas ao sanatório rarearam e no fim do primeiro ano Ciro escrevia bilhetes pedindo notícias, mandando algum dinheiro e se desculpando por não poder viajar a Campos. Embora já fosse possível ir para lá de ônibus pela Via Dutra, ele preferia ficar em Sorocaba nos feriados e trabalhava nas férias para receber o salário em dobro. Na verdade desde a passagem do ano estava às voltas com uma moça que conhecera na chácara de um amigo perto do João de Camargo.

Norma era ruiva e espevitada, não tinha endereço fixo e sumia dos lugares que frequentava. Tinha sido garçonete em vários pontos da cidade e os pais, que a deserdaram na adolescência, dirigiam uma granja na estrada de Itu. Seu riso forte, descontrolado e mostrando as gengivas atraiu Ciro, que começou a perguntar por ela até o dia em que a encontrou de novo no largo do Rosário e passou a namorá-la.

A relação foi absorvente e durou quase um ano, no qual os vínculos com Terezinha se limitaram a poucas visitas, algumas encomendas e o pagamento das despesas. Ainda que não tivesse imaginado instalar Norma em casa, ele negligenciou a esposa a ponto de responder a cartas íntimas com cartões lacônicos, nos quais omitia qualquer menção ao seu estilo de vida. A instabilidade de Norma fez com que se habituasse a perdê-la de vista durante semanas, para de repente ser acordado de madrugada ou vê-la entrando nas oficinas sem se importar com a proibição. Irritada com um gesto ou palavra que interpretava mal, ela esbravejava na rua e o agredia de punhos fechados ou com a bolsa de couro onde escondia uma navalha. As compras que fazia nas lojas do centro chegavam ao conhecimento dele sem que tivesse autorizado nada e, se à noite ela queria ver a família, era comum que alugasse um carro de praça até a estrada de Itu e o obrigasse a esperar no banco de trás, enquanto negociava aos gritos com o irmão a herança perdida ou extorquia da mãe algum objeto de que estava sentindo falta. Ele podia escutar de dentro do automóvel as discussões que não era capaz de explicar ao motorista e respirava quando a tramela do portão estralava: com o rosto afogueado Norma reaparecia e mandava o táxi voltar para a cidade. Na mesa de composição do jornal, Ciro cabeceava de sono e ao abrir a porta de casa temia encontrá-la estendida sem sapatos no sofá depois de ter entrado com a chave da faxineira. Mas se ela desaparecia a sensação de alívio era aos poucos substituída por uma rotina à qual já não se conformava e ao passear sozinho pelas ruas da cidade ele sabia estar percorrendo os lugares que Norma preferia.

As condições de trabalho no *Cruzeiro* eram estritas e Ciro só conseguia melhorar os vencimentos fazendo extras que em duas ou três semanas o esgotavam. Seu prestígio profissional havia aumentado e ele buscava tanto o capricho nas soluções técnicas quanto a correção da linguagem. Interessou-se pelos clássicos e nas horas de lazer lia os livros que comprava em sebos ou retirava do Gabinete de Leitura Sorocabano, fundado por imigrantes alemães num casarão do século XIX. A dificuldade de falar ia sendo compensada pela desenvoltura para escrever e foi dessa época a intenção de se tornar escritor e imprimir um livro de memórias. Mas o tempo era escasso e os períodos turbulentos em que Norma ressurgia, vinda de algum ponto desconhecido, duplicavam as despesas e ele achou vantajoso trocar o jornal por um posto na gráfica Gutierrez, em cujas máquinas via a possibilidade de atender a encomendas particulares. Em vez de anúncios de publicidade ele agora compunha faturas, notas fiscais e talões para escritórios do centro comercial, além de volantes de candidatos em fase de eleição. A gráfica estava montada no fundo de uma livraria, em cuja entrada as prateleiras expunham autores brasileiros e portugueses ao lado de cartões de boas-festas. A impressora ocupava a metade de uma saleta iluminada por uma janela gótica rasgada no alto da parede. As lâmpadas que desciam do teto por fios desencapados clareavam mal as mesas de composição e o esforço para corrigir as provas de tipos miúdos afetou a vista sadia de Ciro. Apesar disso ele continuou lá até formar a clientela de comerciantes e políticos à qual pretendia servir como autônomo tão logo conseguisse em São Paulo uma máquina usada e a instalasse em casa. A decisão estava tomada quando em meados de 1951 recebeu de Campos do Jordão a notícia de que Terezinha ia voltar.

Ela estava bem de saúde e, decidida a salvar o casamento, reorganizou a vida doméstica estimulando o marido nos seus projetos de pequeno empresário. Acompanhou-o a São Paulo para comprar uma impressora, ajudou-o a negociar os termos do contrato, reacomodou os móveis e armários da cozinha para dar lugar à máquina e assim que ela começou a funcionar aprendeu a imprimir, enquanto Ciro percorria a cidade à procura de clientes. O início da atividade foi desastroso porque com o aumento dos impostos no governo eleito de Getúlio o custo das tintas e reposição de material superou a margem de lucro.

Ciro não tinha capital acumulado e a ida aos bancos era dificultada pela necessidade de caução, o que o forçou a andar atrás de agiotas. A esposa o advertiu contra o risco que, vinte anos antes, havia levado Balila Baldochi à falência e por iniciativa sua as promissórias deixaram de ser renovadas, sendo pagas com a impressão de cédulas de candidatos a vereador de Pilar do Sul e Piedade.

Em menos de dois anos o orçamento era favorável graças a um trabalho que varava a noite. Mal alimentada, Terezinha emagreceu muito e as olheiras denunciaram o início de uma recaída. Ciro percebeu que devia poupá-la e ela passou a cuidar apenas dos serviços de casa, embora insistisse em fabricar balas de alfenim para colocar nos empórios de Além-Linha. Ainda insatisfeita, foi ao cartório do fórum na praça Frei Baraúna e depois de consultar um escrivão que conhecia desde solteira propôs ao pai e à irmã a antecipação da legítima com a hipoteca de um terreno valorizado na área urbana de Piedade. O acordo foi possível e, com o dinheiro recebido, Terezinha investiu nos negócios do marido e pagou as primeiras parcelas de um Opel que estava à venda nos fundos de uma oficina na avenida São Paulo.

A rua Treze de Maio está asfaltada e continua silenciosa porque é via de mão única. O tráfego pesado passa pelas paralelas que ligam num único lance a cidade ao Sul do país, de um lado, e do outro os bairros altos com a região de Além-Ponte e a saída para São Paulo. A pista é estreita e reta e ao longo das calçadinhas alinhadas por guias de granito as casas de porta e janela estão sufocadas pelos prédios de cimento à vista, erguidos nos períodos de especulação imobiliária.

Quase na esquina da rua Treze com a Professor Toledo ficava a fileira de residências acanhadas à frente do calçamento de paralelepípedos em cujas frestas ainda nos anos 50 crescia capim: elas pertenciam a Ernestina Pacheco no início do século, quando a velha senhora resolveu adotar num sítio de Itavuvu a órfã Ana Godoy de Almeida, de cinco anos de idade. Diante do portão de madeira de uma daquelas casas baixas, há muito tempo destruídas, o entregador de pão Balila Baldochi, chegado aos doze de Marselha, avistou pela primeira vez a adolescente de cabelos pretos e pele alva com quem foi se casar em 1912 numa igreja do outro lado do rio.

As imagens se sucedem e batem umas nas outras assim que, ao sair da praça Carlos de Campos, na extremidade da pista lavada pela chuva, vejo colado à calçada um velho automóvel azul idêntico ao Opel de Ciro e Terezinha. O quadro traz à tona o momento em que, dez anos antes, diante da porta do carro, o filho varão dos Baldochi fazia meia-volta para alcançar um pacote que a esposa estendia do degrau de entrada da casa. Pelo canto dos olhos ele me enxerga, esquece o pacote e vem ao meu encontro enquanto chama Terezinha. Naquele dia ele estava de terno e gravata e o riso de dentes claros combinava com o rosto corado. A moldura dos lábios cheios reaparecia na manhã de chuva e os gestos bruscos encobriam a mulher que chegava. A ausência de qualquer constrangimento diante do parente que nunca os visitava era visível e parecia sugerir que o casal sem filhos atravessava uma fase feliz em que os negócios prosperavam.

O apogeu da era Juscelino contaminou os empreendimentos de Ciro. A impressora rodava o dia inteiro, o estoque de material era farto como o depósito de um armazém e o gráfico aumentava os preços sem se preocupar com a perda de clientes. A qualidade do trabalho havia melhorado com o aprendizado de novos métodos, Terezinha economizava em casa o bastante para formar um pecúlio, controlava as contas bancárias, resgatava em dia as parcelas de pagamento da máquina e com a liberação de créditos no país erguia empréstimos que o marido aplicava em novos tipos, tinta e papel. As atividades comerciais do casal eram facilitadas pelo Opel e os dois podiam ir de carro ao cinturão industrial da cidade, além de visitar os recantos da represa de Ibiúna, fora do alcance de quem tomava ônibus e era forçado a descer no último ponto para subir a serra a pé. O cuidado de Ciro com a aparência era compartilhado pela mulher, que agora se vestia segundo os modelos das revistas compradas na Agência da Sé e os dois faziam o footing da praça Coronel Fernando Prestes como quem participa de uma cerimônia.

O domingo em que Ciro, ao sair de casa à frente da esposa, viu Norma sentada na beira da calçada, marcou a ruptura do casal. A chuva de dezembro brilhava nos telhados e a rua Treze escurecia quando os gritos da moça chegaram à sala. O temor de um confronto com Norma diante de Terezinha obrigou-o a descer o degrau da entrada e trancar a porta por fora. Terezinha estava pronta para o passeio e sem compreender o que acontecia foi até a janela a tempo de ver o marido agarrar Norma pela cintura e arrastá-la para a esquina da praça Carlos de Campos. Ele só voltou no meio da noite e contou o caso sem justificar nada. Terezinha ouviu calada, entrou no quarto, girou a chave na porta e a partir daí os dois passaram a viver separados sob o mesmo teto.

A solução era precária porque à medida que encontrava falhas na contabilidade Ciro exigia explicações que a mulher não queria dar: por conta própria ela estava transferindo para o pai e a irmã somas que considerava suas. As discussões frustravam qualquer tentativa de reconciliação e era raro que a mulher não perdesse o controle e investisse aos prantos sobre o marido. Com trinta e cinco anos, Ciro estava encorpado e um revide físico podia atingir em cheio a mulher de saúde frágil; revia as cenas de agressão do pai contra a mãe e para se defender saía para a rua.

Dormia no sofá da sala, preparava o café da manhã, almoçava numa pensão da ladeira da Penha e após trabalhar até a noite ia aos bares do centro conversar com os garçons ou beber junto ao balcão. Nos espelhos da parede a imagem de Ana o perseguia.

Terezinha descuidava da casa e muitas vezes dormia na casa da irmã, na rua Artur Gomes. Movida pela raiva, considerava o casamento desfeito e, aconselhada pelo amigo do fórum, entrou com uma ação de desquite concluída em meados de 1960. Por decisão do juiz ela ficou com o carro, os móveis e metade do dinheiro depositado, além da pensão alimentícia; Ciro foi autorizado a continuar na casa, conservando a impressora como instrumento de trabalho. Quando os carregadores do caminhão esvaziaram os cômodos ele passou a dormir sobre folhas de jornal amontoadas no chão: era evidente que se quisesse sobreviver como autônomo precisava recompor a vida. Não seria capaz disso sem a ajuda de Anita, a quem conhecera um ano antes e com quem começou a viver logo depois que Terezinha voltou a Piedade para montar uma loja de aviamentos e Norma foi internada num manicômio judiciário por ter assassinado o pai a facadas.

Anita foi a companheira de Ciro até o fim da vida. Sua atitude de mulher disposta a encarar a pobreza sem desespero, traço herdado pelas seis filhas do casal, aplainou o caminho da vida em comum. Ela era pouco mais que uma adolescente quando ele a encontrou e o recorte do corpo esguio acentuava o brilho da pele e o desenho sensível do modo de andar. A mãe a transformara em arrimo de família e antes dos catorze anos Anita trabalhava como camareira, recebendo meio salário por ser menor de idade, Apesar das tentativas para estudar à noite não tinha conseguido chegar à Escola Normal, o que a impediu de ser professora; a compensação foi cursar uma escola de corte e costura mantida pelo município. Foi dessa maneira que aprendeu a coser e bordar com desembaraço, talento que nos anos 70 facilitou sua vida de operária nas fábricas de roupa da cidade. Um ano antes do primeiro contato com Ciro ela o havia notado ao atravessar a Treze de Maio e na noite em que reviu o homem alto no largo de Santo Antônio teve o sentimento de que devia protegê-lo — confissão que só fez trinta anos mais tarde, quando ele estava morrendo nos seus braços num subúrbio de Votorantim.

Para morar com Anita, Ciro deixou a rua Treze decidido a abrir uma gráfica no antigo largo da Independência com as máquinas de um negociante alemão de São Paulo. O contrato, assinado num escritório da avenida São João, tinha uma cláusula penal dizendo que a locação seria suspensa e as máquinas apreendidas caso houvesse qualquer atraso no pagamento do aluguel. Sem capital inicial Ciro teve de levantar empréstimos em dois bancos, cujos gerentes haviam solicitado seus serviços durante a campanha de Jânio Quadros à Presidência. A gráfica, montada num sobrado da parte alta do largo, dava tanto para as linhas de bonde do Cerrado como para a fachada da casa senhorial de Luizinha Maia, na qual um caramanchão de hera projetava sombras sobre a estátua de um leão.

Animado pela mulher Ciro contratou três empregados e no fim de um ano a folha de pagamentos era maior do que ele esperava de uma firma saída do nada. Para movimentá-la o casal empenhava o sacrifício pessoal, dormindo num cubículo do prédio, comendo nas pensões da vizinhança e aproveitando o fins de semana para arrumar a oficina. Imaginavam superar as privações assim que a empresa se consolidasse nos anos de efervescência do governo João Goulart. Mas o anúncio de um aumento de cem por cento no salário mínimo destruiu os sonhos de estabilidade do casal: os empregados foram demitidos, os prazos de entrega adiados e as reservas de caixa gastas com as indenizações. A única alternativa era investir nos pedidos miúdos e aumentar até o limite as horas de trabalho. Anita estava grávida da primeira filha e atendia no balcão enquanto Ciro rodava pelas ruas à procura de novas encomendas; tudo inútil porque o clima de golpe no início de 64 provocava no país uma retração geral dos pequenos negócios.

Foi a recessão de Castelo Branco que veio selar a sorte de Ciro: impossibilitado de continuar pagando o aluguel das máquinas e às voltas com o assédio dos bancos, ele ainda tentou resistir com a velha impressora da rua Treze. Mas não demorou muito para ver, abraçado à mulher, as portas da gráfica serem lacradas a martelo por um oficial de justiça. Estava falido de uma vez por todas e nesse episódio seguia o destino do pai, que havia conhecido a marginalização econômica antes dos cinquenta anos de idade.

Até hoje a praça Frei Baraúna é dominada pelo fórum velho e pelo obelisco em homenagem aos soldados da FEB; a diferença é que agora coqueiros bem tratados fazem sombra sobre a grama verde-garrafa que contrasta com as pedras do calçamento. Quem deixa o ponto de repouso das árvores em direção ao largo da Independência precisa virar à esquerda na rua Cesário Mota: daí em diante a pista pavimentada acompanha as ondulações suaves da antiga trilha de terra que tornam fácil a caminhada. No primeiro quarteirão à direita a grade de ferro do grupo escolar atrai a vista e por entre as barras é possível destacar a fachada maciça do prédio concluído em 1910. Em frente a um dos portões da escola protegidos por abrigos de telha francesa começa, no outro lado da rua, o declive que vai até a Vila Santarini, onde Ciro acordava de madrugada para trabalhar na Sorocabana e no Bar Comercial. Foi numa casa minúscula dessa ladeira que Balila Baldochi passou seis meses num catre perto do fogão, esperando o filho chegar do trabalho: o derrame que devia matá-lo em 1946 paralisou seu lado esquerdo e para não queimar o colchão de palha ele mantinha apagado entre os lábios um toco de cigarro.

O pátio cimentado do grupo escolar acaba nas mangueiras que ainda isolam o terreno público da mansão do Comendador. O edifício desce de um mirante até o toldo de lona que cobre a entrada invadida pela vegetação. O cheiro de jasmim-estrela impregna de repente as narinas como nas antigas noites de verão e na esquina da rua Artur Gomes aparece o perfil de Anita vestida de jeans, acompanhada de Laura, a filha mais velha. A lembrança é bruscamente interrompida pelo escapamento dos caminhões pesados que buscam saída para a Raposo Tavares rumo ao Sul do país. Perto dali está o cruzamento com a Moreira César e a alguns passos de distância a casa térrea de Lazinha. Embora o primeiro impulso seja dobrar à esquerda, caminho em linha reta até o último sinal vermelho: o largo da Independência é um círculo de giz na claridade e já não mostra os vestígios das linhas de bonde que antes desciam do Cerrado até o centro em direção ao bairro de Além-Ponte. O movimento de cargas não para, as buzinas rasgam o ar e para fugir à nuvem de fumaça entro numa padaria envidraçada. Dentro o barulho diminui e posso observar com calma o sobrado em que Ciro montou a gráfica falida. A dez metros da parede lateral, completamente pichada, cresce a hera do caramanchão de Luizinha Maia. Mas a casa senhorial parece muito mais baixa do que antes e o velho leão de gesso desapareceu.

Anita voltou a trabalhar como faxineira para sustentar o casal e a primeira filha. Tinham sido despejados do cubículo nos fundos da gráfica e só conseguiram alugar uma casa de dois cômodos no subúrbio de Terra Vermelha. Ciro procurou emprego em fábricas e construções, mas a essa altura a idade já era um impedimento e ele teve de aceitar uma vaga de carregador no largo do Mercado. Embora o ganho fosse mínimo, ele passava apenas as manhãs na praça calçada por paralelepípedos e coalhada de caminhões, o que lhe permitia cuidar da filha enquanto Anita estava fora de casa. Foi essa sem dúvida uma das razões que tornaram a primogênita a sua predileta até o fim da vida. Mas em poucos meses ele não tinha mais forças para continuar transportando sacas de café ou de cimento nas costas: as cãibras no corpo eram muito fortes e ele não podia acompanhar o ritmo dos colegas jovens nem dos que estavam calejados na rotina de burros de carga.

Anita percebeu a gravidade da situação ameaçando a saúde do marido e a sobrevivência da família e apelou para uma antiga patroa que morava numa chácara elegante perto da Raposo Tavares. Depois de negociar a troca do salário de doméstica em tempo integral pelo direito de ocupar a casa de caseiro, estabeleceu um mínimo pelos serviços eventuais de jardinagem prestados pelo marido. A patroa, casada com um médico famoso, parente por parte de pai do poeta Oswald de Andrade, era uma mulher esperta e viu as vantagens do trato, pois conhecia Anita desde menina e sabia da sua seriedade e dedicação à casa, apesar de temer um pouco o seu temperamento. Conseguiu também transferir para ela as tarefas de secretária, o que facilitava suas idas constantes a São Paulo, onde tinha muitos amigos e fazia parte da sociedade.

Satisfeito com a solução, Ciro gostava de se levantar de madrugada para capinar nas alamedas de eucaliptos que iam do portão de ferro até a sede da chácara. O ar fino e a neblina que vinha de um lago lembravam as manhãs passadas com o pai nos picos de Paranapiacaba e ele sentia um estímulo novo ao cuidar de plantas e flores na varanda e em torno da casa. Voltou a tomar café adoçado com rapadura, passou a fumar cigarro de palha e nas horas que permanecia ao lado da filha lia os livros que havia subtraído à penhora dos seus bens. Anita assumiu em pouco tempo o comando da casa e dos outros empregados e foi com desenvoltura que começou a receber e anotar os recados deixados por telefone para a patroa e o marido. Nos intervalos da faina e nos domingos de folga costurava roupas para Ciro e a menina, tratando a casa de caseiro como se fosse sua, o que reaproximou o casal esgotado pelas dificuldades e pelo excesso de trabalho. No fim do primeiro ano na chácara Anita engravidou pela segunda vez.

Para sustentar as novas despesas Ciro precisava de outra ocupação, pois o dinheiro que recebia pelos serviços de jardinagem era insuficiente mesmo que o casal suprimisse o que era supérfluo. Voltou a andar pelas ruas da cidade, principalmente pelos bares e restaurantes do centro, à procura de algum lugar de garçom ou copeiro. Foi num deles que encontrou um antigo fornecedor do armazém de Balila Baldochi na rua dos Morros. Ele agora estava produzindo aguardente num alambique na estrada de Votorantim e ofereceu a Ciro a entrega a preço baixo de alguns garrafões por semana, que podiam ser vendidos no pequeno varejo com uma margem de lucro compensadora, já que o novo produto tinha boa aceitação. Foi a partir desse encontro que Ciro passou a vendedor ambulante de bebida para o resto da vida.

Ele ia a pé até o terminal rodoviário, tomava um ônibus em direção a Votorantim, saltava dois ou três quilômetros depois da antiga cachoeira do Lajeado, aterrada para ampliar a rodovia de asfalto e, por uma picada aberta no mato, pouco acima da casa arruinada de Baltazar Fernandes, fundador da cidade, chegava ao alambique, clandestino para não pagar impostos. Encontrava os garrafões cheios até a boca, metia-os em duas sacolas de lona e carregava-os até um ponto da estrada onde podia pegar uma condução que o deixava perto da chácara. Nos fundos da horta que cultivava a pouca distância da casa de caseiro ele punha em pé uma fileira de garrafas sem rótulo e com um funil de zinco enfiado no gargalo começava a enchê-las uma a uma para no fim arrolhar todas. Terminada a operação, feita com cuidado para evitar o desperdício, as garrafas iam para as sacolas e no dia seguinte Ciro dava início à peregrinação pelos balcões de bebida a que tinha acesso. A princípio o cheiro de álcool revoltava o seu estômago e o fazia chorar, mas com o tempo ele foi se acostumando como a tudo o mais. Anos depois admitia que o que mais incomodava naquela atividade era a consciência de que abastecia bares que visitava com a mãe na infância, vendendo a mesma bebida que havia contribuído para matá-la.

A vida do casal permaneceu calma até o dia em que Anita se envolveu num conflito com o patrão. A partir daí tiveram experiências penosas, que segundo Anita levaram ao envelhecimento precoce de ambos. Foi tudo tão rápido e inesperado que o casal demorou tempo para assimilar o desgaste; fosse como fosse, Anita só conseguiu falar dele com alguma leveza muito mais tarde, numa conversa na varanda da casa de Lazinha.

Sempre que atendia a um chamado telefônico para o patrão ela costumava anotá-lo num maço de folhas em branco que ficava ao lado do aparelho. Sabia perfeitamente que o médico iria respondê-lo logo que chegasse do hospital em que trabalhava. Naquele dia ela tinha escutado a patroa dizer que o marido devia viajar a São Paulo e quando o telefone tocou à tarde e a secretária do consultório perguntou a que horas o doutor estaria em casa, Anita respondeu que não sabia ao certo, porque ele estava viajando. O médico no entanto chegou bem antes do anoitecer e Anita ficou surpresa, já que num dia chuvoso como aquele a viagem de ida e volta a São Paulo, mesmo que fosse pela Rodovia Castelo Branco, rebatizada fazia algum tempo, demorava no mínimo de três a quatro horas, o que tornava improvável o regresso do médico ainda durante o dia. Essa ideia ocorreu a Anita quando ela escutou da sala de jantar o ronco do Galaxy do patrão numa das alamedas de eucaliptos. Sua intenção era explicar o engano que havia cometido com base no que tinha ouvido a patroa dizer. Mas nada disso foi possível porque o médico começou a esbravejar assim que leu o recado da secretária e adivinhou a resposta de Anita. Ela ainda estava no corredor quando ele a chamou de ignorante e irresponsável. Insultada antes de abrir a boca, Anita exclamou no mesmo tom de voz que o patrão era um estúpido. O médico, um homem alto e corpulento, estava visivelmente alterado e correu de braço erguido para bater na empregada. Mas naquele mesmo momento recebeu uma bofetada no rosto que o fez recuar completamente aturdido. Sem dizer mais nada, mas tremendo de espanto e ódio, ele apanhou os óculos que tinham caído no chão com o tapa e subiu para o andar de cima à procura da mulher. Anita ainda sentia os joelhos vacilarem quando a patroa, mordendo os lábios, foi alcançá-la na cozinha para dizer que ela e Ciro estavam despedidos e que tinham até o dia seguinte para desocupar a casa — caso contrário ela e o marido iam denunciá-los à polícia.

Os dois concluíram que não havia a menor possibilidade de defesa e que a única coisa que restava fazer era deixar aquele lugar. Sabiam que os patrões eram pessoas influentes, pois recebiam em casa o delegado e pelo menos uma vez por semana a Polícia Militar fazia a ronda da chácara. Na madrugada do dia seguinte Ciro foi de ônibus até o largo do Mercado para contratar o caminhão de um conhecido e no meio da tarde o casal e a filha viajaram na carroceria com a magra mudança até o bairro da Terra Vermelha, onde conseguiram alugar uma casa na mesma rua em que haviam morado.

Às voltas mais uma vez com a penúria Anita estava empenhada em se empregar na indústria de confecção que proliferava por toda parte, favorecida pelo milagre econômico e pela tradição têxtil da cidade. Mas suas esperanças foram frustradas porque as fábricas, tanto as grandes como as pequenas, se recusavam a aceitar operárias grávidas e o máximo que lhe prometeram foi um lugar de costureira depois que já tivesse dado à luz. Fisicamente debilitada e sem forças para reagir ela teve de se internar num hospital público do município para tratar-se e fazer o parto da segunda filha.

Ciro tentou aumentar o número de compradores de aguardente e por causa disso acordava antes do sol nascer: depois de tomar uma xícara de café preto e comer um pedaço de pão amanhecido, o que o lembrava dos tempos na Sorocabana, saía pelas ruas ainda escuras para visitar os bairros mais distantes, até chegar no meio da tarde aos estabelecimentos do centro. Comia um prato feito em qualquer um dos botequins que percorria a pé e só voltava para a Terra Vermelha à noitinha, carregando as sacolas vazias e leite para a mulher e as filhas, além do pão para o dia seguinte. A despeito da tristeza e do cansaço brincava com a mais velha e o bebê e conversava com a mulher sobre os acontecimentos do dia e os planos do futuro, coisa que sempre o animava acima das expectativas, dado que as fantasias de melhorar de vida nunca o abandonaram. É verdade que algumas chegaram a se confirmar, como a vez em que ganhou no jogo do bicho uma soma vinda do céu, depois de um sonho enigmático que ele gabava de ter transformado em aposta certa. Talvez tenham sido coincidências dessa ordem que na velhice o tornaram líder espiritual de uma pequena comunidade de moradores num lugarejo da Estrada Velha, o que foi explorado pelos políticos locais, que durante certo tempo o convenceram a fazer o papel de cabo eleitoral em troca de um diploma de morador benemérito do bairro.

Pouco menos de três meses depois de ter dado à luz pela segunda vez, Anita já estava empregada numa fábrica de jeans em Santa Rosália. As roupas faziam sucesso na década de 70 e a indústria de confecção, ainda instalada em barracões espalhados pelos bairros, produzia sem parar, pois tanto os pobres como os abonados, fossem homens ou mulheres, aderiam ao tecido capaz na época de democratizar o gosto e a aparência. Os conhecimentos adquiridos na escola de corte e costura durante a adolescência fizeram de Anita uma trabalhadora qualificada, com emprego certo, e o salário não era melhor porque vigoravam entre os patrões preconceitos e restrições em relação ao trabalho das mulheres. Enquanto isso Ciro circulava pelas ruas entregando encomendas que o faziam andar quilômetros, sempre à espreita de um carro usado que estivesse ao alcance do seu bolso. Como os pais ele também gostava de um dedo de prosa e a conversa diária com compradores e fregueses, durante a qual se limitava a tomar um pingado ou um copo de leite, amenizava as caminhadas sob o sol, do qual se protegia no verão com um boné de brim inclinado de lado sobre a cabeça cada vez mais grisalha.

A liberação dos preços de aluguel, que vinha desde os primeiros dias da ditadura, quando os ministros inverteram o sinal da lei do inquilinato, continuava sendo o grande problema de subsistência do casal, que desprezava o uso de anticoncepcionais menos por religião do que por falta de esclarecimento e assim chegava ao terceiro filho no momento em que era despejado da casa na Terra Vermelha. Seguiram-se outras mudanças e vários despejos motivados por atraso nos pagamentos, visto que os aluguéis subiam muito acima da inflação e a renda da família nunca aumentou em tempo algum na mesma velocidade. Foi por essa causa que ao longo de seis anos Ciro, Anita e as crianças passaram por uma extensa fileira de casas maiores ou menores, mas sempre caras demais para quem não ganhava dois mínimos por mês, em Vila Hortência, Vergueiro, João de Camargo, Vila Barão, Lavapés, Matadouro, de novo Lavapés, Hilário Correia, Dois Corações, Parada do Alto, Éden e Caputera. Obviamente a família crescia numa proporção igual e antes que chegasse perto dos sessenta Ciro era pai de seis filhas saudáveis, claras e castanhas, que como a avó materna conheceram muito cedo a rude rotina do trabalho compulsório.

A Leite Penteado é uma ruazinha quieta que sai como um túnel do tumulto de carros e pedestres da rua de São Bento. A sombra que desce dos prédios é agradável e o vento parece soprar frio até nas tardes de verão. O que não se espera é que esse mergulho na sombra e no silêncio acabe, na outra boca do túnel, diante da claridade estridente de uma casa de força e luz na rua Ubaldino do Amaral. As grades e as lanças que cercam a construção estão pintadas de alumínio e pela abertura do portão é possível avistar as torres que sustentam os fios de alta-tensão. O prédio é baixo e pesado apesar da cor branca e por trás dos vitrôs maciços não se vê o menor movimento. Na fachada que cheira a cal uma placa anuncia a Companhia de Transformação de Energia Elétrica e perto dela salta à vista o aviso de perigo realçado pelo desenho de um raio e de uma caveira. O cenário dos filmes em série, que nos anos 50 alimentavam a imaginação dos adolescentes na sala de projeção do Cine São José, então a trezentos metros dali, é completado pelo zumbido forte que vem dos transformadores. Como eles não são visíveis e as ondas vibram no ar, é quase inevitável naquele trecho uma sensação difusa de fantasmagoria.

Foi ali que vi Ciro pela primeira vez depois de muitos anos. As notícias que eu tinha dele chegavam através de Lazinha e de alguns parentes próximos, daí o espanto de percebê-lo a poucos metros de mim segurando pela alça um garrafão de vidro que faiscava ao sol. Ele havia me reconhecido antes que eu me desse conta da sua presença e veio ao meu encontro com um sorriso que deixava à mostra os dentes já amarelos de nicotina. Vestia jeans e camiseta, os olhos redondos continuavam sem malícia sob as pálpebras cheias de rugas e as mechas de prata dominavam o cabelo farto. Era evidente que estava satisfeito por me encontrar e foi para esticar a conversa que me convidou para um café e um copo de leite na esquina da Ubaldino com a rua Brigadeiro Tobias. Enquanto caminhávamos lado a lado ele cedeu a calçada sem que eu reparasse e seguiu pela pista de paralelepípedos que naquela tarde parecia uma placa de granito. Embora eu não perguntasse nada, disse que as filhas estavam bem e que a mais velha ia estudar medicina e a do meio balé. Os negócios estavam melhorando, tinha acabado de arrematar uma Brasília para as entregas e pretendia construir uma casa no terreno comprado fazia algum tempo no Alto do Cerrado. O que não disse, certamente porque o constrangia, é que a família dependia mais do trabalho de Anita e das filhas do que das vendas de aguardente nos bares da cidade. Como quer que fosse parecia feliz, e a não ser a pressão alta, que o deixava sem fôlego para trabalhar num dia como aquele, o resto estava em ordem e a vida corria pelo trilho certo. Fez questão de pagar o café e o copo de leite que havia tomado no balcão e para se despedir disse com uma solenidade esquiva que tinha de passar pelos clientes de Árvore Grande. Já na esquina da rua Quinze de Novembro voltei o olhar para a descida que se precipita da praça do canhão para a ponte sobre o rio e pude enxergá-lo de longe com a alça do garrafão verde na mão direita. Como se tivesse adivinhado que eu o observava, virou-se para mim naquele instante e fez um aceno com a mão esquerda, mas não demorei em dar-lhe as costas para subir a ladeira no sentido contrário.

À medida que a prole aumentava e as meninas cresciam Ciro se afastava das duas irmãs. É provável que as aflições do dia a dia exigissem dele mais tempo do que antes ou que algum movimento de vergonha o levasse a manter distância delas: por maiores que fossem as dificuldades enfrentadas por Lazinha e Zilda, suas referências principais, elas eram incomparavelmente mais amenas que as de Ciro, vincadas de alto a baixo pela crueza da vida material. As irmãs ainda obedeciam à tendência que desde a infância definia o convívio entre os três e não o procuravam nunca; na realidade só ficavam sabendo dele quando o encontravam na rua ou tomavam conhecimento dos seus males através de Anita ou de alguma sobrinha que encontrassem por acaso. Foram informadas desse modo que o coração de Ciro estava baqueando, mas que apesar disso ele e a mulher haviam conseguido, com um esforço que durou meses, erguer nos limites da cidade uma pequena casa com tijolos feitos à mão. O terreno ficava no alto de uma colina até então infestada de mato e lá de cima se viam telhados e as chaminés pretas de algumas fábricas. A faixa de terra tinha sido paga até a última prestação por Anita, agora operária-padrão de uma confecção de roupas, e pelas filhas mais velhas, que trabalhavam como secretárias durante o dia e faziam o supletivo à noite. As filhas mais novas cuidavam umas das outras, aprendiam a arrumar a casa sozinhas e se revezavam quando tinham de ir à escola. Ciro parecia muito dedicado a elas, entretendo-as com as tramas que inventava a propósito de pessoas que passavam pela janela e descrevendo em detalhes as escolas de balé e medicina que elas iam frequentar.

Toda vez que escutava essas histórias Lazinha ficava irritada com o irmão, pois sabia até que ponto a forma de compensação não passava de um cacoete. Zilda era mais crédula porque os relatos felizes que Ciro construía eram capazes de fazê-la esquecer as desventuras do irmão, além de atenuarem os próprios sofrimentos, que não eram pequenos: mãe de seis crianças ainda jovem, tinha perdido uma filha deficiente, que passara catorze anos num quadrado de madeira, e vivia mal com o marido, ferroviário e alfaiate que não ganhava o bastante para atender às aspirações de luxo que ela havia herdado da mãe.

Mas o fato é que o empenho de Ciro em relação às filhas sempre foi autêntico e não se limitava a idealizações cujo propósito fosse apenas estimular uma autoestima diminuída. Tanto é assim que meses antes do Natal de 1986 ele deixou completamente de fumar para poder dar uma lembrança a todas elas. Essas expansões de afeto inibiam sem desarmar o ressentimento das filhas. Atraídas pela promessa de uma vida de prestígio, tanto as mais velhas como depois as menores sentiram-se lesadas no cotidiano da casa e mais tarde nos escritórios em que procuravam garantir uma sobrevivência sem brilho. O responsável pela armadilha nunca encontrou o tom certo para oferecer uma justificativa e o resultado previsível foi o isolamento dentro da família, que Ciro considerava mais árduo que o desterro na cidade. Foi nessa época que chegou a fazer a figura do varão solitário diante da mulher e das filhas e ao voltar para casa no fim do dia permanecia horas sentado no quintal olhando as estrelas da sua poltrona de vime e fumando o quebra-peito que dizia ser seu único companheiro. A fantasia não se sustentava muito porque ao sofrer uma falta de ar mais séria, que mobilizava as mulheres ao seu redor, ele se comportava como um paciente disciplinado e afável no quarto de casal ou nos leitos de enfermaria da Santa Casa.

Tudo indica que o que nesse tempo o fez padecer de fato foi o namoro da filha mais velha. Assim que o caso chegou aos seus ouvidos, Ciro passou a destratá-la como se ela o tivesse traído. Anita foi à carga em favor da filha e anunciou que o namorado fazia questão de conhecê-lo, o que provava suas boas intenções. Acuado, Ciro concordou com a visita e não pôde evitar o susto quando viu que o futuro genro era mulato. Mesmo assim conseguiu ser gentil com o rapaz, um pedreiro discreto e educado que morava com o irmão mais novo numa vila vizinha. Com o tempo passou a encontrá-lo na porta de casa e nas partidas de malha de domingo à tarde e usando a mesma sutileza de Ana e Balila nas relações pessoais conversava com ele como se fossem amigos da mesma idade.

O casamento dos dois jovens estava acertado e ainda não tinha data marcada quando começou a se firmar o namoro, aprovado por Anita, entre uma filha mais nova e o irmão do noivo. Veio a calhar que o terreno em que Ciro e Anita conquistaram a casa própria com a força dos músculos era amplo o suficiente para comportar mais duas casas pequenas e um barracão nos fundos. Os irmãos pedreiros puseram mãos à obra nos feriados e fins de semana e no prazo de um semestre aprontaram as construções que iam receber os casais. Os dois casamentos foram realizados no mesmo dia e a festa, marcada para a noite de São João, devia varar a madrugada. Ciro assistiu à cerimônia com o traje feito pela mulher e assim que o cortejo saiu para a rua ele sentiu no rosto os grãos de arroz atirados pelos vizinhos. Nesse instante teve de chorar pela primeira vez desde havia muito tempo porque alguma coisa se completava naquele dia e ele não conseguia dizer o que era, embora o choro embalado pelo sino da capela falasse por ele e o aliviasse de uma dor que o acompanhava fazia anos.

Mais conhecida como praça do canhão, a praça Dr. Artur Fajardo é um triângulo cuja base ocupa o alto de uma encosta. Seus lados são balizados por duas avenidas que compõem o centro histórico e convergem para a ponte sobre o rio com um ímpeto que nem os paralelepípedos, nem mais tarde a pista de asfalto, puderam amenizar. O tráfego cresceu muito desde que os trilhos de bonde foram arrancados do chão e os ônibus e caminhões inundaram a área que um dia chegou a ser bucólica. Máquinas de coca-cola, cabines telefônicas e bancos de pedra ocupam as calçadas e já não se ouve o fragor da fábrica de enxadas na descida da rua Quinze. Tanto as residências senhoriais como o Hotel São Vicente desapareceram para dar espaço a edifícios indistintos, mas a vista sobre o rio ainda se conserva. Quem entra no jardim da praça, que já se chamou largo de Santa Gertrudes em homenagem à mãe do brigadeiro Tobias, sente logo a diferença: as figueiras antigas e os arbustos abafam o ruído e as sombras caem perfuradas por réstias de sol sobre as muretas que armam um círculo interrompido pelas raízes das árvores. Postes de luz em forma de cogumelo aparecem no meio da vegetação e sobre um estrado de pedra, a cavaleiro da ponte, estão assentados os dois canhões de ferro à frente da estátua de Tobias.

Apesar do aspecto de coisa soterrada, o cenário marca o último ato do grande drama histórico da cidade: a Revolução Liberal de 1842. Um dos seus protagonistas foi Rafael Tobias de Aguiar, nascido no topo daquela encosta num casarão de sua mãe, dona Gertrudes, em 1794. Herdeiro de uma fortuna em imóveis e escravos, ele estudou filosofia com Martim Francisco e entrou cedo para a política. O ano de 1842 foi central na sua vida porque perto dali, no mês de maio, alguns patriotas locais descontentes com Pedro II o aclamaram presidente de São Paulo. Para depor o que estava no poder por ordem do Imperador, foi formada uma coluna de voluntários. Consta que eles marcharam com entusiasmo sobre São Paulo, mas na ponte do rio Pinheiros encontraram um batalhão de Periquitos comandados pelo barão de Caxias. Esse bando de soldados de uniforme verde, que sabia guerrear, fez a coluna libertadora retroceder às pressas. Ela recuou tanto que voltou a Sorocaba, onde Tobias, no alto da encosta, antes de fugir para o Sul do país disfarçado de tropeiro, se casou com a marquesa de Santos, com quem já vivia e para quem transferiu os seus bens, na presença do padre Diogo Antônio Feijó, cabeça da revolução, e da condessinha de Iguaçu, filha bastarda de Pedro I. A marquesa ficou escondida no convento de Santa

Clara e depois na chácara Quinzinho de Barros, que agora é sede do zoológico e do Museu Sorocabano. Caxias fez sua entrada a cavalo pela ponte completamente deserta às 9 horas da manhã do dia 20 de junho de 1842. Aqueles dois canhões, fabricados em Ipanema, faziam parte da artilharia pesada dos rebeldes e nunca deram um tiro. Na estátua do brigadeiro, que foi rendido em Passo Fundo e esteve preso na Fortaleza da Laje, morrendo em 1857 num naufrágio diante da sua antiga prisão, está escrito que foi *um patriota e estadista de escol.* Atualmente ele é o patrono da PM de São Paulo.

Ciro acompanhou a história com interesse. Eu o havia encontrado no jardim da praça quando fugia do sol e fiquei contente ao vê-lo descansando. Ele estava envelhecido e os fios de barba branca cobriam as maçãs já descoradas do rosto. Mas continuava cordial e sorridente e minha impressão era que tinha perguntado sobre os canhões perto da estátua apenas para me reter ali mais um pouco. Tenho presente que o comentário que fez sobre o relato, ao levantar-se da mureta com as duas sacolas na mão, foi que um dos prejuízos que sentia por não ter podido estudar é que não conhecia o único lugar onde havia vivido.

O verão de 90 foi o pior de vários anos e afetou a saúde de Ciro. As mãos e as pernas incharam e a falta de ar à noite o obrigava a dormir sentado junto à janela da frente com a cabeça recostada numa colcha sobre o parapeito. Durante semanas o céu permanecia azul e sem um traço de nuvem, até caírem os formidáveis pés-d'água da região, anunciados pelas trovoadas que ecoavam na serra de São Francisco e faziam estremecer os vidros da casa. As enxurradas escorriam como torrentes de lama a alguns metros da entrada e Ciro ficava atento ao ronco das águas embaixo da terra. O risco de um desabamento era praticamente nulo porque os genros tinham reforçado os alicerces e estaqueado a base e o alto da colina. A insegurança de Ciro certamente não vinha de fora e ele sabia que a morte andava por perto, o que o deixava consolado e impaciente ao mesmo tempo. Anita suportava mal a fala melancólica do marido, que logo associava às suas pregações aos vizinhos que haviam migrado do Norte.

Na manhã do dia em que morreu, Ciro acordou bem-disposto e decidiu ir trabalhar mais cedo. Fez a barba que estava comprida, tomou uma ducha no quintal, vestiu uma calça limpa e a camisa branca que rescendia a goma de camomila, foi buscar as sacolas na despensa da cozinha e saiu para a rua iluminada. Anita e as filhas já tinham ido para o trabalho e ele deixou a chave com uma vizinha, que ficou admirada com sua disposição e lhe desejou boa sorte.

Pela janela aberta do ônibus que fazia as curvas da estrada com os pneus cantando no asfalto entravam as rajadas de ar da antiga represa da Light e ainda sentindo o vento no rosto ele desceu no ponto próximo à destilaria clandestina. Espantou-se com a leveza das pernas nas picadas do mato e ao respirar o cheiro das magnólias e das bolas de mamona que estouravam no calor foi sacudido por um choro convulsivo, que saía sem causa visível e era doce e tenaz. Avistou a meia distância o lugar da casa arruinada de Baltazar Fernandes e teve de parar antes de pôr o pé na tábua estreita que dava acesso ao outro lado de um regato. O sol produzia lâminas de luz sob suas botas de borracha e ele recebia aquele instante de fluência como uma espécie de trégua. Assistiu à passagem de tudo o que tinha vivido e só soube o que aquilo representava quando, no início da tarde, esteve com Anita pela última vez. Antes disso fez as entregas, despediu-se dos clientes mais chegados, no caminho da padaria passou os dedos pelo reboco do mosteiro de São Bento, comprou dois litros de leite e um quilo de pão e abriu a porta da casa ao meio-dia. Tomou um copo de leite na cozinha e foi até o barracão dos fundos para descansar. Anita chegou pouco depois e ao atravessar a soleira percebeu que Ciro estava tendo um enfarte. Ainda foi capaz de desabotoar a camisa empapada de suor, procurou reanimá-lo chamando-o pelo nome e no momento em que ele abriu os olhos e os músculos do rosto se descontraíram, a única coisa que ouviu direito foi uma pergunta — se ela sabia que ele gostava dela. Anita tinha certeza de que era uma hora da tarde e que por algum motivo estava soando o apito de uma fábrica. Não vinha de muito longe do barracão onde o marido acabava de morrer nos seus braços: chegava do centro de Votorantim, sede do império industrial da família Ermírio de Morais.

A família decidiu sepultar Ciro no bairro de Árvore Grande, a uma distância que hoje parece curta em relação à rua dos Morros, onde ele nasceu. Os muros do Cemitério da Consolação, na praça dos Viajantes, foram caiados de ponta a ponta e refletem o sol como um banco de areia. À sombra de alguns angicos imóveis, apoiadas na parede ou acomodadas em dois assentos de pedra, Anita e as seis filhas descansam com as mãos enlaçadas e olham para o chão coberto de cascalho. Os genros, de terno e gravata, esperam o momento de carregar o caixão de defunto, que continua no carro funerário. Como a luz reverbera no vidro do para-brisa, eles protegem a vista com as mãos morenas e deixam à mostra os punhos alvos da camisa. Lazinha e Zilda conversam em voz baixa debaixo do portal onde consta algum provérbio da Bíblia. Pelas grades de ferro é possível distinguir uma fileira de túmulos baixos, pintados na base com uma tinta azul-celeste que acentua a cor viva da cal. Quando o caixão é finalmente transportado para o interior do cemitério, agarro uma das alças e constato que o revés não abandonou Ciro até o fim, pois é numa tumba sem lápide que ele some sob a terra e só no dia seguinte chega a notícia de que o corpo foi enterrado na cova errada.

NOTAS

1. A primeira versão de *Resumo de Ana* (primeira parte) foi publicada na revista *Novos Estudos* CEBRAP, número 25, de outubro de 1989. *Ciro* é inédito.

2. As principais fontes consultadas pelo Autor foram *História de Sorocaba* e *A Revolução Liberal de 1842*, do historiador Aluísio de Almeida.

ESTA OBRA FOI COMPOSTA PELA VERBA EDITORIAL EM ADOBE GARAMOND PRO
E IMPRESSA EM PROCESSO SOB DEMANDA PELA UM LIVRO SOBRE PAPEL
OFFWHITE PARA A EDITORA SCHWARCZ A PARTIR DE 2025